ein Ullstein Buch

Ullstein Abenteuer
Lektorat: Martin Compart
Ullstein Buch Nr. 21009
im Verlag Ullstein GmbH,
Frankfurt/M – Berlin – Wien
Titel der englischen Originalausgabe:
Brown on Resolution
Übersetzt von Ursula Wulfekamp

Deutsche Erstausgabe

Umschlagentwurf:
Hansbernd Lindemann
unter Verwendung einer
Illustration von Gino d'Achille

Printed in Germany 1984
Gesamtherstellung:
Elsnerdruck GmbH, Berlin
ISBN 3 548 21009 0

Dezember 1984

CIP-Kurztitelaufnahme
der Deutschen Bibliothek

Forester, Cecil Scott:
Brown von der Insel: Abenteuerroman / C. S. Forester. [Übers. von Ursula Wulfekamp]. – Dt. Erstausg. – Frankfurt/M; Berlin; Wien: Ullstein, 1984.
(Ullstein-Buch; Nr. 21009: Ullstein-Abenteuer)
Einheitssacht.: Brown on resolution ‹dt.›
ISBN 3-548-21009-0

NE: GT

Vom selben Autor in der Reihe der
Ullstein Bücher

Fähnrich zur See Hornblower (422)
Leutnant Hornblower (441)
Hornblower wird Kommandant (462)
Der Kapitän (481)
An Spaniens Küste (502)
Unter wehender Flagge (529)
Der Kommodore (555)
Lord Hornblower (570)
Hornblower in Westindien (598)
Hornblower auf der Hotspur (2651)
Zapfenstreich (2834)

C. S. Forester

Brown von der Insel

Abenteuerroman

Ullstein Abenteuer

1

Obermatrose Albert Brown lag sterbend auf der Insel Resolution. Die Beine im Fieberdelirium halb angezogen, kauerte er rücklings in einer Spalte des graubraunen Lavagesteins, aus dem diese öde Insel weithin besteht. Ab und an murmelte er einige unzusammenhängende Worte und drehte sich matt zur Seite, um dann eine Sekunde später wieder auf den Rücken zurückzurollen. Seinen Körper bedeckte etwas, das einmal eine schneeweiße Matrosenuniform gewesen war; aber jetzt, verdreckt und zerrissen, war davon nichts mehr zu erkennen – nur schmutzige Lumpen, kaum noch zusammengehalten. Browns Gesicht war, wie seine Hände, verquollen und entstellt, über und über bedeckt von Beulen: das Resultat zahlloser giftiger Bisse von Fliegen, die in einer dunklen Wolke gierig über ihm schwirrten. Diese mörderische Wolke und der flimmernde Dunst über den in der Sonne glühenden Felsen entzogen ihn fast völlig der Sicht. Seine Füße, an denen noch Reste von Schuhen hafteten, waren ebenfalls geschwollen, voller Prellungen und Schnittwunden. Sie ähnelten rohem Pferdefleisch. Selbst der übelste Bursche der Welt hätte sie nicht ohne eine Spur von Mitleid betrachten können.

Doch schon eine kurze Untersuchung dieses geschundenen Körpers hätte ergeben, daß sein Sterben nichts mit den Fliegenbissen zu tun hatte, auch nichts mit dem Zustand seiner Füße. Die wenigen Lumpen auf seiner rechten Schulter waren dunkelbraun verfärbt, und wenn er sich zur Seite quälte, zeigten die Stoffetzen auf seinem Rücken das gleiche schmutzige Rotbraun. Ein näherer Blick hätte enthüllt, daß Browns rechte Brusthälfte ein schwarzer, schmieriger Blutbrei bedeckte, der von einer Schußwunde über seiner rechten oberen Rippe herrührte.

Brown lag am Rand des mittleren Streifens der Insel, der völlig ohne Leben war. Über ihm türmte sich die nackte Lava dem höchsten Punkt von Resolution entgegen, eine formlose Anhäufung kahler Felsen, die in Millionen scharfer Grate endeten, scharf wie Rasierklingen. Dies erklärte den Zustand seiner Füße. Genau auf Browns Höhe begannen die Kakteen, sich nach beiden Seiten von ihm erstreckend (die Insel Resolution bildet einen Gebirgskamm, der sich zur Sichelform krümmt), widerliche, alptraumhafte Pflanzen von der Gestalt riesiger Flaschenbürsten, die an den unteren Hängen zu einem undurchdringlichen Dickicht wurden, jede einzelne mit ungeheuren Stacheln bewaffnet, denen Browns Kleidung zum Opfer gefallen war. An vielen Stellen lagen dort unten Leguane – gefleckt, mit urzeitlichen Kämmen – im kärglichen Schatten der Kakteen, schläfrig und reglos. Über Brown kreisten Seevögel, und gelegentlich verirrte sich eine freundliche Spottdrossel zu ihm hier oben, hüpfte um seinen sterbenden Körper und betrachtete ihn, wie es schien, mit Anteilnahme. Weiter unten, wo sich der Pazifik am Lavagestein brach, wand sich eine Schar von Meerechsen – groteske Tiere, denen man nur einen lateinischen Gattungsnamen gegönnt hat –, eifrig an Meeresalgen kauend, die ihre Nahrung darstellten. Um sie herum faszinierende, scharlachrote Krebse und andere Vertreter der amphibischen Welt dieser letzten, fast unbekannten Insel der Galapagos-Gruppe.

Darüber spannte sich der Himmel in gleißendem, metallischem Blau; dort stand sengend die Sonne, die dieses Stück verbrannter Erde mit unerträglicher Hitze überflutete. Das Meer war von freundlicherem Blau, und weit draußen, nahe dem Horizont, zog sich ein grauer Streifen nach rechts und links ins Unendliche. Er bezeichnete den Rand einer Meeresströmung, wo sich Hunderte von gierigen Seevögeln versammelten, um teilzuhaben am Überfluß des Fraßes, der sich, lebend oder tot, an dieser seltsamen Grenze ballte.

Sonst keine Spur von Leben ringsum, außer dem Obermatrosen Albert Brown, dem einzigen Vertreter der menschlichen Gattung in dieser riesigen Weite, der in seiner Spalte kauerte, aber nach Hunger und Durst, Fieber und Blutverlust bald auch nicht mehr sein würde. Vielleicht stolpert in vielen Jahren ein Forscher über seine gebleichten Knochen und beugt sich grübelnd über die gebrochene Rippe und das zertrümmerte Schulterblatt. Doch es ist kaum anzunehmen, daß er die richtige Erklärung dafür finden wird.

2

All das hat seinen Beginn über zwanzig Jahre vorher, bei Korvettenkapitän R.E.S. Saville-Smarez, RN, der in einem Zug saß, vom Royal Naval College in Greenwich und einem nicht sehr schwierigen Ausbildungslehrgang auf dem Weg nach London, zu einer nicht eben sorgfältig geplanten Woche der Entspannung. Er saß in einem Abteil erster Klasse, blickte bald in seine Zeitung, bald zum Fenster hinaus, bald zur Decke des Abteils oder zu der Dame, die züchtig in der diagonal gegenüberliegenden Ecke des Abteils saß. Denn dem Kapitän war es weder gegeben, hingebungsvoll zu lesen, noch einem einzigen Gedankengang längere Zeit zu folgen. Er dachte, und das war nur natürlich, an den Einfluß erstklassiger Zeugnisse auf eine mögliche Beförderung und erwog anschließend die Vorzüge von Dienstalter gegenüber Verdienst und fragte sich vage, ob er jemals die bequeme Sicherheit und würdevolle Autorität eines Kapitäns zur See erlangen würde, mit der Konsequenz eines unaufhaltsamen Aufstiegs in die ehrfurchtsgebietenden Höhen der Admiralsposition. In gewisser Hinsicht waren Admirale nichts Ungewöhnliches für den Korvettenkapitän, denn er blickte auf eine lange Reihe seeerprobter Vorfahren zurück. Einer seiner Onkel war zur Zeit gerade Admiral, und sein Großvater hatte im Krimkrieg ein Linienschiff bei Kronstadt kommandiert, während dessen Großvater wiederum am Nil gekämpft hatte und unter Georg IV. Admiral gewesen war.

Aber er dachte nicht lange an Admirale, denn er fühlte sich seltsam unruhig und fahrig und wünschte, die Dame säße nicht in seinem Abteil, dann hätte er die Füße auf den gegenüberliegenden Sitz legen und rauchen können. Er warf einen kurzen Blick zu ihr hinüber und stellte zu seiner Überraschung fest, daß sie ihn in einer nur schwer zu beschreibenden Art betrachtete, distanziert, aber freundlich und keineswegs so, wie eine Dame einen Mann ansehen sollte (wenn man ihr überhaupt einen Blick zugestand), mit dem sie im Jahr des Herrn 1893 allein in einem Zugabteil saß. Der Korvettenkapitän war etwas verstört. Er blickte zur Seite, aber seine Augen wanderten scheu und verstohlen zurück, sobald er sicher war, daß sie ihr Gesicht abgewendet hatte. Nein, sie war sicher nicht so eine, nicht bei diesem gelassenen, ruhigen Blick, fast dem einer Nonne. Sie war eine feine Erscheinung, mit einem modischen Matrosenhut auf dem Kopf, den hinten eine Feder zierte, einem schicken Kostüm mit Keulenärmeln, und unter ihrem Rocksaum lugte die Spitze eines zierlichen Schuhs hervor. Eine vornehme, aufrechte Frauengestalt, mit schlanker, sorgsam geschnürter Taille. Als er sie ansah, wandte sie ihr Gesicht ihm wieder zu, und ihre Blicke begegneten sich ein zweites Mal. Seine schüchterne Verlegenheit ließ ihn bis zum sonnenverbrannten

Hals hinab erröten, so daß er rasch zum Fenster hinaussah. Aber lange konnten seine Augen nicht widerstehen und wanderten zu ihr zurück. Und sie lächelte ihn an.

Der Vater Agatha Browns war ein schlichter Gemüsehändler, aber einer größeren Stils, wie seine ebenfalls schlichten Freunde eilends hinzufügten, wenn sie von ihm sprachen. In seinem Geschäft in Lewisham beschäftigte er ein Dutzend Gehilfen, und nebenbei besaß er zwei weitere Geschäfte in Woolwich und in Deptford, und die wohlhabenden Bewohner der großen Häuser in Blackheath kamen stets zu ihm, um Delikatessen wie Spargel oder erste Erdbeeren zu kaufen. Er betätigte sich sogar ein wenig als Grossist, und vor langer Zeit schon war er so wohlhabend geworden, daß er nicht mehr über seinem Laden wohnen mußte. Er hatte statt dessen ein gediegenes Haus neben Greenwich Park erworben und nach der Mode der achtziger Jahre ausgestattet. Dort lebte er mit seinen drei Söhnen und seiner Tochter (dem ältesten Kind), die den Haushalt in der rationellen und umfassenden Art jener Zeit leitete. Seine Frau war tot und viel betrauert, aber dank Agathas häuslicher Tüchtigkeit wurde sie im Wirtschaftsgeschehen nicht sehr vermißt.

Beim Frühstück an jenem Tag ahnte Agatha noch nicht, daß dies der wunderbarste Tag ihres Lebens werden sollte. Sie war wie gewohnt um sechs Uhr dreißig aufgestanden und hatte dem einen Dienstmädchen bei der Vorbereitung des Frühstücks geholfen, während das andere nach dem Feuer sah. Sie hatte Will und Harry Tee eingeschenkt und mit ihnen am Tisch gesessen, solange sie ihr Frühstück runterschlangen. Sie hatte fromm ihre Augen niedergeschlagen und ihre Hände gefaltet, als ihr Vater, der mit George im Wagen vom Markt zurückgekommen war, das Gebet sprach, während Will und Harry ungeduldig darauf warteten, endlich wegzukommen zu den Geschäften in Woolwich und Deptford. Dann hatte auch ihr Vater sein Frühstück zu sich genommen, und erst da hatte Agatha zum ersten Mal das dunkle Gefühl, daß etwas mit ihr passieren müßte. Ihr Vater las natürlich während des Essens die Zeitung, und das nahm ihn so sehr in Anspruch, daß er nicht recht auf seine Tischmanieren achtete. Er hatte die Zeitung gegen das Marmeladenglas gelehnt und führte seinen Mund zur Gabel hinunter, nicht etwa die Gabel zum Mund hinauf. Letzteren sperrte er weit auf (was besonders unerfreulich war, wenn er, wie üblich, die vorherige Gabelfüllung noch nicht hinuntergeschluckt hatte). Dann stieß er die Gabel hinein und schloß schnappend seinen schweren Schnurrbart darüber, so tat er es immer. Aber an diesem Morgen empfand Agatha es als äußerst unangenehm. Auch den Tee schlürfte er geräuschvoll durch den Schnurrbart, und obwohl Agatha dieser täglichen Verrichtung neunundzwanzig Jahre lang beigewohnt hatte, fand sie es heute ungewöhnlich geschmacklos. Sie ertappte sich dabei, wie sie zu sich selbst sagte, daß es Zeit sei für eine Veränderung. Gleichzeitig stellte sie fest, daß, obwohl sie an diesem Tag wegfahren würde, um fünf Tage bei ihrer Busenfreundin in Ealing zu verbringen, ihr diese Art der Veränderung nicht genügen würde. Ihre erste Reaktion war, sich eine abendliche Verabreichung von Sennablättern zu versprechen (Sennablätter waren Agathas Arznei für alle Übel, denen der Körper unterliegt), aber ihre zweite war erstaunlicherweise, Sennablätter für unzureichend zu erklären. Und obwohl Agatha nur mäßig tiefgründig veranlagt war, wunderte sie sich über diesen ihren seltsamen Gemütszustand.

Nachdem ihr Vater gegangen war, gab Agatha sich der enormen Aufgabe hin, das ganze Haus für ihre fünftägige Abwesenheit vorzubereiten. Sie ging bei den Lieferanten vorbei und bezahlte die Rechnungen, gab der Köchin strikte Anweisungen bezüglich aller Mahlzeiten, wies das Hausmädchen auf die Notwendigkeit hin, das Wohnzimmer am Dienstag, das Eßzimmer am Mittwoch, Mr. Browns Schlafzimmer und Mr. Georges Schlafzimmer am Donnerstag und Mr. Harrys Schlafzimmer und Mr. Wills Schlafzimmer am Freitag zu putzen. Sie vollführte ihren Anteil an der morgendlichen Arbeit, aß dann nach Gewohnheit sehr leicht zu Mittag, und als der Nachmittag herankam, bereitete sie sich auf ihre Abfahrt vor. Um vier Uhr verließ sie mit einem kleinen Koffer in der Hand das Haus. Sie fühlte sich unbesorgt und beschwingt. Das Prickeln ihrer sauberen, gestärkten Unterwäsche auf ihrem Körper war ihr angenehm. Fünf ganze Tage war sie vom Haus und den damit verbundenen Sorgen befreit. Aber trotzdem wollte sie nicht fünf Tage im Haus von Adeline Burton in Ealing verbringen. Die frühere enge Freundschaft zwischen Agatha und Adeline war natürlich mit zunehmendem Alter und der Umsiedlung der Familie Burton nach Ealing ein wenig abgekühlt, und der Haushalt der Burtons war mehr oder minder der gleiche wie der Haushalt der Browns. Trotzdem fühlte Agatha sich seltsam beschwingt, als sie zum Bahnhof ging; sie summte ein kleines

Lied und dann befand sie sich im selben Abteil wie Korvettenkapitän R.E.S. Saville-Samarez.

Sie mochte ihn auf den ersten Blick, und auf den ersten Blick erkannte sie ihn als das, was er war: ein Marineoffizier von bester britischer Einfalt. Sie mochte seine adrette Kleidung und seine glatten Wangen (während sie diese letzteren betrachtete, stieg in Agatha ein Widerwille gegen die modische Haarigkeit von 1893 auf), und sie mochte die Art, in der er errötete, als sie ihn dabei ertappte, wie er sie ansah. Sie wußte, daß er sie bald ansprechen würde, und sie wußte, daß sie ihm antworten würde.

Agathas Lächeln brachte Samareź' Unruhe zum Überlaufen. Er sprang förmlich in seinem Sitz auf. Seine Hände fanden automatisch den Weg in seine Taschen.

»Stört's wenn ich rauche?« fragte er heiser.

»Überhaupt nicht«, sagte Agatha. »Ganz im Gegenteil.«

Das waren natülich drei Worte mehr, als eine *Dame* gesagt haben dürfte. Fieberhaft zog Samarez ein silbernes Zigarettenetui und Streichhölzer hervor. Mit beinahe zitternden Händen zündete er eine Zigarette an und sog den Rauch im unbewußten Ringen um Selbstbeherrschung tief in die Lungen ein.

Agatha lächelte ihn immer noch an, mit dem gelassenen, ruhigen Lächeln, das man von einer Nonne oder einer Mutter erwartete. Samarez mußte ganz einfach weiter mit ihr reden, und die unfehlbaren englischen Eröffnungsworte kamen wie eine Eingebung von seinen Lippen.

»Gräßliches Wetter«, sagte er und nickte dabei zum Fenster des Abteils hinaus, wo die Februarsonne eine verlorene Schlacht gegen die Dämmerung focht.

»Mir gefällt es irgendwie«, sagte Agatha. In diesem Augenblick hätte ihr jedes Wetter gefallen. »Aber natürlich ist es ganz anders als in den Tropen«, fuhr sie zu Samareź' Überraschung fort. Woher wußte sie, daß er in den Tropen gewesen war?

»Ah – ja«, sagte er. »Gräßlich heiß dort, manchmal.«

»Standort China?« fragte sie. Agathas Kenntnisse über die Marine waren nur so tief, wie man es im Jahre 1893 von einer zurückgezogen lebenden jungen Dame der Mittelschicht erwarten konnte. Sie hatte einmal die Worte »Standort China« gehört, und sie kamen jetzt in ihr Gedächtnis zurück und wurden dankbar in Anspruch genommen.

»Ja«, sagte Samarez, vergnügter als zuvor, »das war mein letzter Dienst.«

Der Standort China erwies sich als angenehmes Gesprächsthema. Dank ihrer freudigen Gemütsverfassung konnte Agatha reden – oder vielmehr: Samarez zum Reden bewegen –, ohne peinliches Unwissen zu zeigen, und die Güte der Vorsehung erlaubte ihnen, einige Minuten sehr freundlich miteinander zu plaudern. Samarez fühlte sich zu dieser bezaubernden Frau hingezogen, einer so vornehmen Frau, die freundlich war, ohne billig zu sein, die eine so melodiöse Altstimme hatte und so bereitwillig lachte. Die Stationen flogen unbemerkt vorbei, und Samarez war sehr überrascht, als sie zum Fenster hinausspähten und feststellten, daß sie schon bei London Bridge angekommen waren, London Bridge an einem dunklen, feuchten Februarabend. Er erkannte mit einem Dämpfer der Enttäuschung, daß er sich in wenigen Minuten von dieser Bekanntschaft würde trennen müssen. Er sah es noch als Glück an, daß sie bis Charing Cross weiterfuhr.

Samarez hatte in London nur wenige Freunde. Ihm stand eine Woche Urlaub bevor, und er wußte nicht recht, wie er sie ausfüllen sollte. Ihm hatte ein Dinner im Junior Rag vorgeschwebt, vielleicht eine Verabredung mit einem Bekannten und anschließend der Besuch eines Musicals. Aber all das hatte er schon an einigen Abenden vor seinem Lehrgang in Greenwich erledigt, und die Aussicht auf Wiederholungen langweilte ihn, obwohl ihn eigentlich fast nichts langweilte. In China, in der stickigen Hitze unter einem Sonnensegel, war ihm der Diningroom des Junior Army and Navy Club als der verlockendste Fleck auf Erden erschienen, aber jetzt, hier, erschien er ihm nur halb so anziehend.

Vor allem aber, Agatha Brown war eine Frau, üppig und attraktiv für den Betrachter des Jahres 1893. Frauen zählten nicht viel in Samarez' Leben. Die Ehe war natürlich für einen Mann seines Karrierebewußtseins eine Undenkbarkeit, und seine sonstigen Kontakte mit Frauen waren nur oberflächlich gewesen und fast schon vergessen. Samarez wollte jetzt nichts weiter, als in Gesellschaft sein. Er wollte mit einer Frau reden – mit dieser Frau, jetzt, da er die erste, unüberwindlich geglaubte Hürde genommen hatte. Ihn verlangte weder nach Männergesprächen noch nach Einsamkeit. Hätte er einen Augenblick Zeit gehabt, die Intensität seines Gefühls zu ergründen, wäre er erschrocken – aber er hatte keine Zeit. Der Zug war durch Waterloo Junction gerattert und rumpelte jetzt auf die Charing Cross Brücke zu. Durch das Fenster konnte er den breiten grauen Fluß und die Lichter von Charing Cross Station sehen, die immer näher herankamen. Agatha warf einen Blick auf ihren Koffer im Gepäcknetz; sie bereitete sich offensichtlich im Geiste auf den Abschied vor. Samarez stand im schaukelnden Abteil auf; seine Hände flatterten vor Verlegenheit.

»H-hören Sie«, sagte er, »wir wollen doch nicht jetzt schon ›Auf Wiedersehen‹ sagen. Nein, nein. Lassen Sie uns – lassen Sie uns irgendwohin essen gehen?«

Er hielt sich im Stehen am Gepäcknetz fest und war erschüttert festzustellen, daß er sich eben kompromittiert hatte, daß er sich eines wenig gentlemanhaften Anerbietens schuldig gemacht hatte (wenn die Dame ihn entsprechend beurteilte). Aber sein unschuldiger Blick sprach für ihn, und Agathas Augen wurden weicher. Er erschien ihr wie ein argloser kleiner Junge, der um mehr Kuchen bettelte, und sie kam sich mütterlich und überhaupt nicht wagemutig vor, als sie »ja« sagte.

Aus dem Zug ausgestiegen, handelte Samarez trotz seiner Erregtheit ganz so, wie es den zur Beherrschung erzogenen Mann der Tat auszeichnet. Agathas Koffer und sein lederner Seesack wurden über den Schalter der Gepäckaufbewahrung gereicht, eine Droschke wurde gerufen, und in einem seltenen Geistesblitz fiel Samarez sogar der Name des einzigen Restaurants ein, dessen Besuch in jenen freudlosen Tagen für Damen nicht als unschicklich galt und in dem gleichwohl keine Abendgarderobe verlangt wurde. Die Hufe des Kutschpferdes klapperten über den Bahnhofsplatz und weiter in die Stadt hinein, und sie saßen Seite an Seite, und an ihnen vorbei zogen die Lichter der Straßenlaternen.

Es war schön, und jeder war sich der angenehmen Wärme des anderen bewußt, war voller höchst freundschaftlicher Gefühle und prickelnder Erwartung – aber was sie erwarteten, hätten sie nicht sagen können. Die Fahrt verging nur zu schnell. Agatha schien es, als wäre nur eine Sekunde vergangen, als ihr vom Portier des Restaurants, in Uniform und mit einem Schnurrbart, aus der Droschke geholfen wurde.

Am Tisch sich gegenübersitzend, betrachteten sie einander, als ob keiner sein Glück so recht fassen könne. Es war fast zu schön, um wahr zu sein – für ihn, daß er mit einer Frau von gesundem Menschenverstand und untadeligem Benehmen zusammensaß und sich blendend unterhielt (für einen Matrosen eine Sache von Seltenheitswert), für sie, daß sie überhaupt in einem Restaurant saß (dies war beinahe Agathas erste Erfahrung mit einem Restaurant), und dies noch dazu in Gesellschaft eines wohlerzogenen, gutaussehenden jungen Mannes. Samarez bestellte erlesenes Essen – darauf konnte man sich bei ihm verlassen – und rief den Weinkellner. Die bloße Erwähnung des Wortes Wein ließ Agatha in ihrem Stuhl leicht zusammenzucken, denn der ehrenwerte Mr. Brown war ein solider, standhafter, sogar heftiger Vertreter der Enthaltsamkeit, der den teuflischen Alkohol nicht einmal unter dem Schutz seines Daches dulden wollte. Aber natürlich war das hier, in dieser goldschimmernden Pracht mit den lebenslustigen Leuten und den beflissenen Obern, alles ganz anders.

»Wählen *Sie*«, sagte Agatha, als Samarez von der Weinkarte zu ihr hinübersah.

Das Dinner verging wie im Traum. Agathas Kenntnis von Essen hatte sich bislang auf Rinderbraten und Apfelkuchen beschränkt. Wenn sie in Mrs. Beetons Kochbuch nachschlug, so tat sie das nur, um ein herzhaftes und einfaches Gericht für die soliden Browns zu kochen, die ohne Ausnahme Mr. Browns Vorbild folgten und einer wie der andere keine Gelegenheit ausließen, um ihrer Verachtung für »aufwendiges Getafel« Ausdruck zu verleihen. Bis zu diesem Tag wußte Agatha nichts von den Feinheiten und dem Raffinement einer guten Küche, so daß jeder folgende Gang für sie eine neue, köstliche Enthüllung darstellte. Nicht einmal die Notwendigkeit, verstohlen zu beobachten, welches Besteck Samarez benutzte, um seinem Beispiel zu folgen, konnte Agathas Freude dämpfen, und die ungewohnte Wirkung des Weins, wärmend, beruhigend und ermutigend, rundete das Ereignis perfekt ab. Sie beugte sich zu Samarez vor und plauderte unbesorgt, und er antwortete mit zweifellos brillantem Witz, wie er fand. Sie gaben ein gutes Paar ab: Agatha mit ihren glatten Wangen, ihren leuchtenden Augen und ihrer aufrechten Gestalt, und Samarez, braungebrannt, blond und gepflegt, unter seinen Wimpern jenen in die Weite schweifenden Blick, der den Matrosen kennzeichnet. Er wirkte sehr jung für sein Alter, und er war doch, wie Agatha bedauernd feststellte, sogar noch jünger als sie. Einoder zweimal legte er den Kopf weit zurück und lachte tief in sich hinein, wobei sich kleine Falten um seine Augen legten. Agatha empfand dabei einen seltsamen Schmerz in ihrer Brust, und sie sehnte sich danach, ihre ungenutzt fraulichen Arme auszustrekken und diesen rauhen Kopf an ihren Busen zu drücken. Sie ertappte sich bei der Vorstellung, sein kräusliges, widerspenstiges Haar an ihrer Wange zu spüren, und der bloße Gedanke ließ sie beinahe ohnmächtig werden vor Verlangen; aber sie saß weiterhin mütterlich fest auf ihrem Stuhl.

»Meine Güte«, sagte der Kapitän plötzlich, »jetzt haben wir so lange miteinander geredet, und ich weiß nicht einmal wie Sie heißen.«

»Ich heiße Agatha«, sagte sie. Diesen Teil ihres Namens fand sie erträglich, während sie bei Brown immer ein wenig stockte. »Und wie heißen Sie?«

Samarez zögerte bedauernd für eine Sekunde. Er war sich sicher, daß es unklug war, einer fremden Frau seinen Namen zu nennen; aber diese Frau war so ganz anders.

»Es ist ein sehr langer Name«, sagte er, »aber er fängt mit Richard an.«

»Aber natürlich«, sagte Agatha verblüfft, »und Sie werden sicherlich Dickie genannt, oder?«

»Früher«, gab Samarez zu, »aber jetzt werde ich meistens Sammy genannt, von Männern zumindest.«

»Dann werde ich Sie Dickie nennen«, sagte Agatha entschlossen und trank ihren Kaffee aus, wie um den Pakt zu beschließen.

Das Dinner war vorbei, und der Raum begann sich allmählich mit vernünftigeren Leuten zu füllen, die zu einer vernünftigeren Zeit speisen wollten. Es gab keinen ersichtlichen Grund, das Gehen hinauszuzögern, und doch waren sie absolut nicht dazu bereit, sich zu trennen. Immer wieder trafen sich ihre Blicke über dem Tisch. Das Gespräch näherte sich einem fieberhaften Ende, und keiner vermochte das über die Lippen zu bringen, was ihn am meisten bewegte. Agatha kannte einfach nicht die üblichen Floskeln, die zu einem nächsten Rendevous führen, und Samarez hielt es in einem seltenen Anflug von Sensibilität für zu gewöhnlich und unpassend, darüber zu sprechen. Das Restaurant füllte sich immer mehr; der Ober brachte die Rechnung, ohne darum gebeten worden zu sein, und blieb in der Nähe des Tisches stehen, womit er ihnen unmißverständlich klarmachte, daß die Geschäftsleitung es gern sähe, wenn sie Neuankömmlingen Platz machten. Das Schicksal zwang sie einfach dazu, mit sinkendem Herzen vom Tisch aufzustehen, ohne die entscheidenden Worte ausgesprochen zu haben. Samarez wartete in aufgelöster Gemütsverfassung im Foyer auf sie.

Was Agatha betraf, die in der Damengarderobe ihren Schleier richtete, so war sie den Tränen nahe. Sie hatte sich wie toll benommen, gänzlich undamenhaft, hatte in den glitzernden Hallen des Lasters mit fremden Männern gesprochen. Und nun war es schon nach sieben Uhr, und spätestens um neun mußte sie bei den Burtons in Ealing sein; und sie wollte Dickie nicht verlassen. Unbezweifelbar wollte sie das nicht. Aber was sie statt dessen wollte – davon hatte sie nicht die mindeste Ahnung.

An der Tür trieben die Umstände sie weiter der Trennung entgegen.

»Eine Droschke?« fragte Samarez heiser.

Sie stiegen in die Mietkutsche, und Samarez wies mit dem letzten Rest klaren Verstandes den Kutscher an, zur Charing Cross Station zu fahren. Agatha hatte das dort gelassene Gepäck schlicht vergessen. Der Wagen suchte seinen Weg durch den lärmenden Verkehr und bog in die schlecht beleuchtete, ruhige Chandos Street ein. Nervös nahm Samarez seinen Hut ab und strich über seine gerunzelte Stirn. Eine Straßenlaterne beleuchtete für einen Augenblick sein jungenhaftes Gesicht und sein widerspenstiges Haar.

»Oh«, entfuhr es Agatha. Eine ihrer Hände fand sich plötzlich an seiner Schulter, die andere tappte im Dunkeln nach seiner schmalen, braunen Hand. Samarez drehte sich unbeholfen mit ausgestreckten Armen ihr zu, und ihr ganzes Unglück schwand unter wilden Küssen.

3

Erst die Lichter der Stadt und des Bahnhofsplatzes von Charing Cross brachten sie in die Wirklichkeit zurück. Agathas Gesicht war von Tränen überströmt, und ihr Hut hing nur noch an einer Nadel, als ihre Umarmung ein Ende fand. Die Kutsche hielt vor dem Bahnhof, und ein Gepäckträger riß die Tür auf.

»Ich – ich kann nicht aussteigen«, stammelte Agatha und zog sich verstört in die Ecke zurück.

Samarez stieg aus und schloß die Tür.

»Warten!« warf er dem Kutscher hin und hastete in den Bahnhof. Während er mit riesigen Schritten zur Gepäckausgabe eilte, wühlte er in seiner Tasche nach dem Gepäckschein. Dank einer gütigen Vorsehung war niemand vor ihm an der Reihe, und so war er bereits in wenigen Sekunden zurück, Koffer und Seesack in der Hand haltend. Er öffnete die Tür zur Droschke, und Agatha kam aus ihrem verwirrten Traum wieder zu sich.

»Wohin, Sir?« fragte der Kutscher.

»Wohin?« echote Samarez töricht.

»Ich weiß nicht – Ealing wahrscheinlich«, sagte eine kleine Stimme aus der Tiefe der Droschke.

»Ealing, Sir? Ealing Broadway, Sir? In Ordnung, Sir«, sagte der Kutscher, die Pferde wendeten, die Tür schlug zu und ließ Agatha und Samarez wieder in seliger Einsamkeit, glücklich unberührt von dem bedeutungsvollen Zwinkern des Kutschers und dem breiten Grinsen der Gepäckträger. Es dauerte einige Sekunden, ehe sich ihre Hände und Lippen in der samtenen Dunkelheit der Droschke wiederfanden, während die Hufe der Pferde unbeirrt ihrem Ziel Ealing entgegenklapperten.

Leidenschaft hatte sie in ihren Bann geschlagen. Agathas Hut lag am Boden, und die Tränen strömten ungehemmt über ihre Wangen, als sie sich mit aller Hingabe, die ihre eingeschnürte Taille erlaubte, an Samarez preßte. Agatha hatte ihr Alter und ihre strikt methodistische Erziehung vergessen. Neunundzwanzig Jahre aufgestauter Gefühle rissen sie in Stücke. Ein kleiner, unbekannter Anlaß hatte diese Lawine ins Rollen gebracht – vielleicht schon bevor sie Samarez begegnet war –, und keine Macht der Welt konnte sie aufhalten, bevor sie ihren Lauf vollendet haben würde. Sie gab sich ihm in einer Ekstase des Schenkens hin.

Über Samarez gibt es dabei weniger zu sagen. Ihm zumindest waren Küsse nicht fremd, und die Umarmungen einer Frau waren nichts Neues für ihn. Selbst die käuflichen Zärtlichkeiten dürften ihm so viel Erfahrung vermittelt haben, daß er wissen mußte, wohin sie trieben, aber eine Reaktion auf sein Alleinsein und das heftige, beharrliche Drängen seines Geschlechts hatten ihn mitgerissen. Das einzige, dessen er sich im Augenblick bewußt war, waren Agathas süßes Fleisch in seinen Armen und ihre ungeübten Lippen auf seinem Mund. Er dachte nicht entfernt an Vorsicht, als er sich von seinen Trieben in die Dunkelheit schwemmen ließ, und drückte sie heiß an sich.

Und dann sprach Agatha auf einmal, ihre Hände auf seiner Brust, ihr Gesicht ihm zugewandt.

»Natürlich, ich muß nach Ealing«, sagte sie. Es war eine törichte Erklärung, hinfällig schon nach dem ersten Wort, gesagt nur in der unbewußten Hoffnung auf Widerspruch.

»Was willst du dort?« fragte Samarez.

»Freunde besuchen. Sie erwarten mich.«

Die kleine Stimme, die ihm aus der Dunkelheit zuflüsterte, war nur neue Nahrung für Samarez' Flammen der Leidenschaft. Irgendwie aus dem Unterbewußtsein stieg plötzlich die Erkenntnis in ihm auf, daß ihr Gepäck, und auch das seine, neben ihnen in der Droschke lag – alles, was sie für einige Tage brauchten.

»Kannst du ihnen nicht absagen?« fragte er und war sich dabei kaum bewußt, was er sagte. »Schick ihnen ein Telegramm. Geh nicht fort.«

»Oh, mein Liebster«, flüsterte sie.

Man sollte nicht denken, daß Agatha in Unwissenheit handelte. Mit neunundzwanzig Jahren, als älteres Mädchen sozusagen, das sich in der Kirchengemeinde betätigte, ist einem so dies und das zu Ohren gekommen. Verheiratete Frauen erzählen einem Dinge gerade so, als ob man verheiratet wäre, und die Gemeindearbeit bringt einen gelegentlich in Berührung mit illegitimer Mutterschaft und sogar mit unverhülltem Ehebruch. Agatha wußte recht gut, was passiert, wenn ein Mann mit einer Frau »zusammen« ist – zumindest hatte sie eine ungefähre, in den Details allerdings etwas verschwommene Vorstellung davon. Ihr wortloses Einverständnis mit Samarez ungestümen Vorschlag und ihre Fügsamkeit, als Samarez sich aus dem Fenster beugte, um dem Kutscher eine neue Anweisung zu geben, waren absolut unent schuldbar; so würden es jedenfalls ihre Kirchenfreunde sehen. Aber diese Freunde hatten niemals die sorglose, glückliche Betäubung einer plötzlichen Leidenschaft gekannt, und würden sie vielleicht auch nie kennenlernen.

Der Hotelportier war diskret; der Herr an der Rezeption war freundlich; niemand im Hotel dachte weiter über sie nach, denn Agatha war in ihren Augen nicht die Frau, die mit einem Mann, der nicht ihr Ehemann war, ein Hotelzimmer teilen würde, und sicher verbarg sich unter ihrem Handschuh der Ehering. In der würdigen Abgeschiedenheit des Hotelzimmers fiel Samarez' erzwungene Ruhe wie ein Kleidungsstück von ihm ab. Er breitete seine Arme aus, und sie kam freudig zu ihm, gab sich ihm hin in herrlicher, gelassener Entspanntheit. Selbst unter seinen gierigsten Liebkosungen empfand sie wundersam mütterliche Gefühle für diesen strubbelköpfigen Jungen, und als dieser Junge über ihr seiner Befriedigung mit einem Seufzer Ausdruck verlieh, zog sie ihn wie ein Kind an ihre Brust.

Am nächsten Tag, und am Tag danach, und am darauffolgenden Tag, wurde dieses mütterliche Haltung immer stärker. Sie fühlte sich so viele Jahre älter als er. Das rein körperliche Verlangen nach ihm war einer sonderbar ruhigen Zuneigung gewichen. Es war, als wäre er plötzlich etwas ganz Selbstverständliches für sie geworden. Das war unglaublich, aber wahr. Keine Gewissensbisse störten den Frieden ihrer Seele; sie war überflutet von einem Gefühl des Wohlbefindens, das auch nicht durch die Notwendigkeit, praktisch tätig zu werden, getrübt wurde. Sie mußte einen wohlerwogenen Brief an Adeline Burton schreiben und ihr erklären, daß eine unvorhergesehene häusliche Krise sie gezwungen habe, ihren Besuch schweren Herzens und so kruzfristig zu verschieben, daß sie nicht einmal Gelegenheit gefunden habe, ihr rechtzeitig abzusagen. Sie werde ein anderes Mal kommen, so bald sie könne, falls Adeline nichts dagegen habe. Diese Lügen flossen ihr auf so natürliche Weise aus der Feder, daß Agatha kaum einen Gedanken darauf verschwendete – die alte Tante in Agathas Kopf, die so plötzlich von einer schweren Krankheit befallen worden war und ihrer sofortigen Pflege bedurfte, schien eine wirklich existierende Person. Sie bedurfte nicht einmal der beruhigenden Gewißheit, daß Greenwich und Ealing weit genug voneinander entfernt lagen, um es Adeline unmöglich zu machen, durch ein zufälliges Vorbeikommen von der Nichtexistenz einer solchen Dame zu erfahren.

Samarez andererseits war ziemlich durcheinander und hatte in Augenblicken, in denen er über sein Handeln nachdachte und Schlüsse zog aus den spärlichen Anhaltspunkten, die sich ihm darboten, fast ein schlechtes Gewissen. Agatha hatte »es noch nie getan«, dessen war er sich aus mehreren Gründen sicher. Niemand hätte es tun können und dabei die blühende Unschuld bewahrt, die sie in jeder Sekunde an den Tag legte. Ganz offensichtlich hatte sie nicht einmal mit der Idee gespielt, sich mit Männern einzulassen. Das bewies allein schon ihre Unterwäsche. Sie war ausnehmend niedlich, mit vielen Rüschen und Falten, aber sie konnte keineswegs frivol genannt werden. Sie war eher rührend in ihrem Mangel an Reizwirkung. Genau die Art langer, weißer Unterwäsche, die eine Nonne tragen würde, falls Nonnen (darüber war Samarez nicht informiert) Unterwäsche trugen. Samarez' Wissen um Unterwäsche war begrenzt; aber in jenen Tagen trugen nur Freudenmädchen Wäsche, die nicht jungfräulich weiß war und neben praktischen auch noch reizvolleren Zwecken diente. Und Agathas rührend strenges Nachthemd, hochgeknöpft, bieder und schlicht, bestätigte Samarez diese Tatsache. Also war Agatha das achtbare Mitglied einer achtbaren Familie, die ihm ihre Jungfräulichkeit geschenkt hatte, wie sie einem Bettler ein Geldstück schenken mochte. Das berührte Samarez merkwürdig unangenehm. Und jetzt, nach drei intimen Tagen, war sie unerreichbarer als je zuvor. Samarez konnte sich nicht im Stolz wiegen, sie zu besitzen, während sie sich ihm gab, nicht einmal in den triumphierendsten Augenblicken ihrer Vereinigung. Etwas war immer noch außer Reichweite, unzugänglich, und deshalb fühlte er sich gekränkt. Er wollte Geschenke für sie kaufen, sie mit Geld für Kleider und Schmuck verwöhnen, aber wann immer er es versuchte, lehnte sie mit einem unwiderstehlichen Lächeln ab. Der arme Samarez konnte nicht wissen, daß der Hauptgrund für Agathas Zurückweisung in der Unmöglichkeit lag, für diese Geschenke später vor ihrer Familie eine unverdächtige Erklärung zu finden.

So befand er sich in einer Stimmung, gemischt aus Gedrücktsein und herausgefordertem Ehrgefühl, als er nach drei Tagen um ihre Hand anhielt. Er wollte es eigentlich nicht; er war fest davon überzeugt, daß die Ehe für Marineoffiziere nicht taugte, überhaupt hielt er nicht viel von der Ehe. Aber er tat es, und dabei betrachtete er sie ängstlich mit erwartungsvollen Augen, gleichzeitig verärgert über sich selbst, weil er seine Zukunft so wegwarf, und beruhigt durch das Wissen, daß er das »Richtige« tat. Und Agatha legte ihre Hände auf seine Schultern und blickte tief in seine verängstigten Augen, ehe sie langsam den Kopf schüttelte.

»Nein, Dickie«, sagte sie, »es ist besser, wenn wir es nicht tun. Aber es ist fürchterlich nett von dir, um mich anzuhalten.«

Dann zog sie ihn impulsiv an sich und küßte ihn heiß. Sie erkannte, daß es unklug gewesen wäre, einen Mann zu heiraten, den man nur liebt, wie man vielleicht einen Bernhardiner lieben würde, und der nie die vollkommene Hingabe und Ergebenheit beanspruchen dürfte, die Agatha, im Einklang mit den Vorstellungen ihrer Zeit, ihrem Ehemann zu geben sich verpflichtet fühlte. Aber sie war sich des großen Opfers, das Samarez zu bringen bereit gewesen war, sehr bewußt, und würdigte es entsprechend.

Nach fünf Tagen also fand die Affäre ein Ende. Fünf Tage, in denen Agatha einen Blick in das Leben von Frauen geworfen hatte, die nicht als Töchter von Gemüsehändlern geboren waren; fünf Tage voll mit Theater (einmal jährlich in die Pantomime und in den Zirkus, das waren Agathas bisherigen Berührungen mit dem Theater), mit gutem Essen, viel Muße und Großzügigkeit. Um der Wahrheit die Ehre zu geben, war Agatha nach fünf Tagen über die Verschwendung von so viel Zeit und Geld so bestürzt, daß die Aussicht sie freudig stimmte, nach Hause zurückzukehren, sparsam zu wirtschaften und häusliche Arbeiten zu verrichten. Und Samarez verlor allmählich ihr Interesse – er war in der Tat kein umwerfend interessanter Mann.

Und doch war der Abschied schmerzhaft. Samarez wollte sie nicht gehen lassen. Er umschlang sie, während sie sich im Hotelzimmer zum Abschied küßten. Er fühlte sich demütig und ergeben, fast fürchtete er die Aussicht, zwei Tage allein zu sein, bevor er auf sein Schiff zurück mußte; und auch Agathas Augen waren naß, obwohl sie wußte, daß sie vernünftig handelte, und nur sehr sanft löste sie seine Hände von ihrem Körper und wandte sich ab. Er hielt ihre Hand, als sie in einer Droschke nach Charing Cross fuhren, und er machte sogar noch einen letzten Versuch, sie zu überreden, als sie bereits in den Zug nach Greenwich gestiegen war. Aber sie schüttelte nur den Kopf und lächelte, und zwei Minuten später stand Samarez allein auf dem Bahnsteig, sah den Zug hinter einer fernen Biegung verschwinden und war standhaft bemüht, sich nicht erleichtert zu fühlen.

Damit war der Zwischenfall für ihn erledigt. Später vergaß er, was er selbst dabei empfunden hatte, und erinnerte sich nur wie an eine sehr angenehme und ungewöhnliche Begegnung, die er gern einmal mit jemand anderem wiederholt hätte (was aber nie geschah). In späteren Jahren würde er manchmal, in geselligen Augenblicken, anderen Männern von seiner seltsamen Begegnung mit einer sehr reizenden, wohlerzogenen Frau – einer Dame, versteht ihr – erzählen, mit der er fünf wunderbare Tage im Benjamin Hotel verbracht hatte und die alle seine Geschenke außer dem Ehering, den zu kaufen sie für schicklich hielt, zurückgewiesen hatte und deren Nachname und Adresse er nie erfahren hatte. Die anderen Männer würden dann ungläubig und neidisch blikken, und Samarez, oder Fregattenkapitän Samarez, oder Kapitän z.S. Samarez, oder Admiral Samarez, was alles er im Laufe der Jahre wurde, würde dann seine Weste glattstreichen und sich mit seinem ungewöhnlichen Glück und seiner Geschicktheit brüsten.

4

Bei ihrer Rückkehr fand Agatha alles wie gewohnt vor, bis auf den Leistungsabfall, den die Abwesenheit der Hausherrin unabänderlich zur Folge hatte. Die Browns hatten keinen Hinweis erhalten, daß sie nicht bei den Burtons gewesen war, und sie bediente sich ein oder zwei kleiner Lügen über die Familie, um ihrem angeblichen Aufenthalt dort etwas Farbe zu verleihen. Und da sie das Lügen nicht gewohnt war, glaubte sie bald selbst fast, daß sie dort gewesen war. Denn ihre überschäumende Stimmung war verflogen; nach einer Woche erschien es ihr unglaublich, daß sie sich eines so ausschweifenden Benehmens schuldig gemacht haben sollte. Sie hatte ihre Gemütsverfassung vergessen, die sie dazu geführt hatte; sie glaubte beinahe und hoffte, daß dies nur ein sehr lebhafter und schockierender Traum gewesen sei. Schließlich hörte sie auf, den von Samarez gekauften Ring an einem Band um den Hals zu tragen.

Aber sehr bald wurde ihr nur allzu klar, daß es kein Traum war, daß es kein Traum gewesen sein konnte. Einige Zeit wehrte sie ihre Ängste ab und widmete sich verbissen ihren Haushaltspflichten, aber sie kehrten ständig zu ihr zurück. Sie war in großer Sorge und wußte nicht recht, was sie tun sollte. Sie kannte Samarez' Namen und sein Schiff (natürlich!) und dachte einen Augenblick daran, ihm zu schreiben, doch dann verwarf sie diesen »unwürdigen« Gedanken. Als aber die Symptome unübersehbar waren und sie deren Entdeckung befürchten mußte, wuchsen ihre Sorgen, und als das Gewitter endlich losbrach, war es für sie eine wahre Erleichterung. Eines Tages kam Mr. Brown um fünf Uhr nach Hause – um einiges früher, als es seine Gewohnheit war.

»Nein, ich will keinen Tee«, sagte er, und in seiner Stimme lag etwas, das Agatha sagte, daß er es wußte.

»Komm her, Mädchen«, fuhr Mr. Brown fort, »ich möchte mit Dir reden.«

»Ja?« sagte Agatha ruhig und gefaßt, nun, da das Unwetter über ihr war.

»Heute nachmittag traf ich rein zufällig Burton. Und er sagte – er sagte, es täte ihm so leid, das mit meiner Schwester, deiner Tante, zu hören, und wie schade es sei, daß du deshalb nicht wie geplant nach Ealing fahren und sie besuchen konntest.«

Mr. Brown sah seine Tochter unter seinen dichten Augenbrauen hervor an. Die ganze Sache schien ihm unglaublich – und doch – und doch – seine Zweifel ließen ihn in Wut geraten.

»Hast du mir nicht im Februar gesagt, daß du sie besuchen wolltest, und bist du nicht zurückgekommen und hast erzählt, du wärst dort gewesen?« fuhr er sie an.

»Doch«, sagte Agatha.

»Also, wo bist du gewesen? Wo zum Teufel bist du dann gewesen?«

Agatha gab keine Antwort.

»Du hast mich wie einen verdammten Trottel aussehen lassen, als Burton mir das sagte«, tobte Mr. Brown – das Adjektiv bewies, daß er außer sich war. »Wo zum Teufel bist du gewesen?«

Die fürchterlichen und unglaublichen Vermutungen, die ihn überfallen hatten, und die er als ganz unmöglich beiseite gewischt hatte, erneuerten sich und trieben ihn zur Weißglut.

»War es – war es ein Mann?« herrschte er sie an. »Antworte, aber sofort, Mädchen.«

Agatha wußte, daß es keinen Zweck hatte, Mr. Brown von Samarez zu erzählen. Er würde es nicht verstehen. Sie selbst verstand es ja nicht.

»Mein Gott, also doch!« sagte Mr. Brown. »Wer war es? Welches dreckige Schwein –?«

Er spuckte und keuchte vor Wut.

»Wer war es? War es der junge Evans?«

Evans war der Playboy von Greenwich, ein junger Mann mit pomadiertem fettigem Haar, den Agatha haßte. Die Vermutung war so komisch, daß Agatha lächeln mußte, und dieses Lächeln steigerte noch den Zorn ihres Vaters.

»Wer war es? Sag's mir, oder ich –«

»Es war niemand, den du kennst, Vater«, sagte Agatha.

»Das ist mir verdammt egal. Sag mir, wie er heißt, und ich werde ihn finden. Dem werde ich was erzählen.«

»Das wirst du nicht, Vater, ich werd' es dir nicht sagen.«

»Du willst nicht? Na wir werden ja sehen.«

»Ja, wir werden sehen«, sagte Agatha. Ihre alte, überschwengliche Stimmung überkam sie wieder, sie blieb äußerlich ruhig, gelassen und nonnenähnlich, aber innerlich jubelte sie. Mr. Brown starrte in ihr friedvolles Gesicht, und seine Wut machte ungläubiger Verwunderung Platz.

»Aber wer zum Teufel war es, wenn nicht Evans?« flehte er jämmerlich.

»Es war jemand anderes«, sagte Agatha sehr ruhig und blickte dabei über seinen Kopf hinweg auf etwas in tausend Meilen Entfernung.

»Aber – aber er hat dir doch nichts angetan, Aggie, altes Mädchen, oder?« schmeichelte Mr. Brown.

Agathas Augen trafen seinen Blick, und sie nickte mit Bestimmtheit.

»Du würdest es so nennen, Vater«, sagte Agatha.

Mr. Browns Gesicht, das bis jetzt rot vor Wut gewesen war, nahm plötzlich eine gelbliche Blässe an. Selbst seine Leibesfülle schien zu schrumpfen, wie er so in seinem geheiligten Stuhl saß.

»Das meinst du doch nicht im Ernst, oder?« fragte er überflüssigerweise, denn er kannte die Antwort genau.

Dann verfiel er in erschütternde Hilflosigkeit.

»Was soll ich jetzt tun?« flehte er. »Was wird die Gemeinde sagen?«

Mr. Brown dämmerte die gräßliche Erkenntnis, daß die Gemeinde trotz seiner drei Geschäfte, trotz seiner Grossisten-Verbindungen und trotz seines schönen Hauses und der soliden Einrichtung endlose Nahrung für Klatsch in dieser furchtbaren Katastrophe finden würde. Sie würden verächtlich mit Fingern auf ihn zeigen; niemals mehr würde er mit erhobenem Haupt vor ihnen stehen können. Niemals mehr würde ihm die stolze Ehre zuteil werden, bei der morgendlichen Andacht den Kollektenteller herumzureichen.

Die Ankunft seiner zwei ältesten Söhne verlängerte das Gespräch. Will und Harry waren voll von jener wilden Energie, die ihren Vater zu den Höhen des Gemüsehandels getragen hatte, aber anders als er waren sie noch jung und konnten sofortige, napoleonische Entscheidungen treffen.

»Die Leute dürfen davon nichts erfahren«, sagte Will bestimmt, »das steht fest. Agatha wird fort müssen für die ... sobald es nötig ist. Wir werden sagen, daß sie bei Freunden in Edinburgh ist, oder so etwas.«

»Genau«, fiel Harry ein, »und das – das Kind wird in Pflege gegeben, bevor sie zurückkommt. Das sollte nicht zu schwierig sein.«

Die drei sahen Agatha, ihre Zustimmung erwartend, an, aber sie bekamen sie nicht. Ihr Gesicht war versteinert. Der bloße Gedanke, ihr Kind »in Pflege geben« zu müssen – das Kind, für das sie bereit, sogar freudig bereit war, so viel zu ertragen – war ein brutaler Schlag ins Gesicht.

»Nein«, sagte sie, »er kommt nicht in Pflege. Ich werde bei ihm bleiben, immer.«

Mit dem männlichen »er« machte sie ihre dumme, unbegründete Hoffnung deutlich, daß ihr Kind ein Sohn sein würde, aber das blieb unbemerkt und unkommentiert.

»Sei nicht blöd«, sagte Harry mit heftiger Verachtung. »Natürlich wird das Kind weggegeben – wenn es lebt.«

Der Gedanke, ja der Wunsch, der dahinterstand, zerriß fast Agathas Herz.

»Oh, ich hasse euch!« schrie sie heraus. »Natürlich wird er leben. Und behalten werde ich ihn auch. Und wagt nicht, etwas anderes zu sagen!«

»Puh!« höhnte Will. »Dir wird gar nichts anderes übrig bleiben. Bettler können nicht –«

Will brach mitten im Satz ab, als er den triumphierenden Blick in Agathas Gesicht bemerkte; und der erinnerte ihn an einen in der Hitze der Debatte vergessenen Umstand. Mit reichlichem Unbehagen trafen seine Augen die seines Vaters und seines Bruders.

Denn vor fünfzehn Jahren, als sich der erste geschäftliche Erfolg bei Mr. Brown einstellte, war er dem klugen Beispiel vieler anderer gefolgt und hatte seine Ersparnisse in Hausbesitz angelegt und ihn seiner Frau übertragen. Das war natürlich in den Tagen, in denen es keine beschränkte Haftung gab, und es war eine weise Voraussicht, die Kapitalbesitz und das Lebensnotwendige sicherstellte, selbst wenn ein Bankrott Mr. Brown nominell all seines Vermögens beraubte. Mr. Brown hatte darauf geachtet, daß seine Frau ein Testament zu seinen Gunsten machte, und dann nie wieder daran gedacht. Bis zum Tod seiner Frau – denn kaum daß Mrs. Brown unter der Erde lag, hatte ein lumpiger, jämmerlicher Anwalt aus der Gegend von Deptford ein Testament jüngeren Datums hervorgezogen (ausgefertigt, als Mrs. Brown erkannt hatte, daß sie an Krebs litt, der Ursache ihres Todes), darin hatte sie ihre gesamte persönliche Habe und ihren Grundbesitz ihrer Tochter Agatha vermacht. Dies war Mrs. Browns einzige ungewöhnliche Tat während ihres Lebens (vergleichbar der Agathas, deren Folgen jetzt so heftig diskutiert wurden), und sie war zweifellos dem Wunsch entsprungen, Agatha von der Abhängigkeit der Männer zu befreien, die selbst viktorianische Damen gelegentlich erbitterte. Sobald sie sich von ihrer Verwunderung erholt hatten, versuchten Mr. Brown und die Jungen, die Angelegenheit mit einem Lachen beiseite zu wischen. Ihr Vater hatte weiter wie gewohnt die wöchentliche Miete der sechs Häuser in Beaconsfield Terrace eingetrieben und sie wie gewohnt seinen eigenen Zwecken zugeführt, ohne darüber Rechenschaft abzulegen. Nichtsdestotrotz gehörten diese Häuser Agatha, ebenso die hundert Pfund netto, die sie jährlich einbrachten. Will, Harry und Mr. Brown sahen sich in Vorausahnung einer Niederlage mit einigem Unbehagen an.

»Ich bin kein Bettler«, sagte Agatha, »und ich entscheide, wenn ich will. Und ich werde entscheiden. Ich werde mit meinem Jungen leben, wo immer ich will. Daß ihr's wißt!«

Will wußte nicht, wann er sich geschlagen geben mußte, und versuchte weiter zu debattieren.

»Sei nicht so dumm, Aggie«, sagte er, »das kannst du nicht tun. Du kannst nicht mit Besitz umgehen und – und ein Kind haben und so etwas. Du wirst vorne und hinten übers Ohr gehauen, und dann kommst du in einem Jahr zu uns zurückgekrochen und flehst um Hilfe. Und dann –«

Sein Ton und sein Gesichtsausdruck ließen keinen Zweifel, was dann passieren würde. Agatha zuckte nur mit den Schultern und drehte sich ab; sie rümpfte verächtlich die Nase, als sei sie vierzehn und nicht neunundzwanzigjährig und eine werdende Mutter. Und dieses Naserümpfen brachte für Will das Faß zum Überlaufen. Er kochte vor Wut, weil er so verächtlich behandelt wurde – und das von einer Frau – und weil all das gute Geld der Familie entzogen werden sollte.

»Warte!« sagte er und packte mit einem Satz ihr Handgelenk.

Ein oder zwei Sekunden lang standen sich Bruder und Schwester gegenüber und funkelten einander an. Aber Agatha raffte all ihre schwindende moralische Kraft zusammen und setzte ihren erstaunlichen Aufstand gegen das göttliche Männergeschlecht fort.

»Laß mich!« sagte sie.

Sie riß sich los und fuhr vor seinem erneuten Versuch, sie zu packen, zurück. Sie wich seinem Griff aus, und alle Schicklichkeit vergessend ließ sie ihre Hand schwungvoll nach vorne sausen, wo sie mit einem nachhallenden Klatschen auf Wills pausbäckiger Wange landete. Er taumelte einige Schritte zurück, mit brennendem Ohr und entsetzt ob dieses fürchterlichen Aufstandes. Dann drehte Agatha sich um und ging gemessen aus dem Raum, stieg langsam die Stufen zu ihrem Schlafzimmer hinauf, wo sie mit ruhiger, mechanischer Besonnenheit den Koffer packte, der sie vor beinahe drei Monaten auf ihrer wunderbaren Reise nach London begleitete hatte. Sie packte auch das Kästchen mit ihren kärglichen Schmuckstücken ein, öffnete es dann aber in einer plötzlichen Eingabe, nahm den Ehering, den Samarez ihr gekauft hatte, heraus und streifte ihn über den dritten Finger der linken Hand. Dann stieg sie, den Koffer in der Rechten, die Stufen hinab und ging langsam zur Eingangstür. Die Tür zum Eßzimmer stand halb offen, und im Vorbeigehen sah sie ihren Vater betäubt im Sessel kauern, während Will und Harry gebrochen und ratlos auf ihren Stühlen am Tisch saßen. Wäre George, ihr Lieblingsbruder, dagewesen, hätte Agatha jetzt vielleicht ihre Entscheidung rückgängig gemacht. Aber er war noch nicht von der Arbeit zurückgekehrt, und die anderen blickten kaum auf, als sie vorbeiging. Sie öffnete die Tür und schritt die protzige kleine Einfahrt zur Straße hinunter, wo sie nach links zum Bahnhof abbog. Aus irgendeinem Grunde fiel sie beim Gehen in Panik und schritt immer hastiger aus, bis sie beinahe rannte. Als sie den Bahnhof erreichte und feststellte, daß der nächste Zug stadteinwärts erst in einer halben Stunde fuhr, schien es ihr unerträglich zu warten. Statt dessen setzte sie sich in einen Zug der Gegenrichtung und fuhr einige Stationen weit, stieg dann um und fuhr wieder durch Greenwich zurück. So kam es, daß Harry und George, die zehn Minuten nach ihrem Weggang von einem verzweifelten Vater ausgeschickt wurden, um Frieden um jeden Preis zu schließen, sie verpaßten.

5

Und so zog in der Mitte des Sommers 1893 eine gutaussehende Witwe, Mrs. Agatha Brown, in all die gräßlichen Gewänder der Trauer um einen frischverstorbenen Ehemann gehüllt, die das

Beispiel der Königin beinahe zum Zwang erhoben hatte, zur Untermiete in ein Haus in Peckham ein. Ihre mitfühlende Hausherrin wußte bald alles von ihr – von ihrem Ehemann, anscheinend nicht gerade der beste Kerl, der im Gemüsehandel gearbeitet hatte und der plötzlich an einer etwas vagen Krankheit gestorben war, der aber seine Witwe nach den einfachen Maßstäben Peckhams gutversorgt hinterlassen hatte; von dem freudigen Ereignis, das in Bälde eintreten sollte; von dem Mangel an Freunden und der Unfreundlichkeit, mit der die Familie ihres verstorbenen Mannes ihr begegnete, weil das Erbe, dessen sie sich bereits sicher glaubten, ihr zugefallen war. Mrs. Rodgers wurde eine große Bewunderin von Mrs. Brown. Mrs. Brown war so offensichtlich eine Dame, und doch besaß sie ein so gesundes Wissen um praktische Dinge, und – am wichtigsten – sie war umgeben von der unerhörten Aura eines »persönlichen Vermögens«, das so viel für jene Klasse bedeutete, die für ihr täglich Brot auf die Launen eines Arbeitgebers angewiesen war. Mrs. Brown bezahlte die Miete für ihre möblierten Zimmer fabelhaft pünktlich, aber sie zahlte nur ein klein wenig mehr als den niedrigsten Marktwert, so daß sich keinerlei Verächtlichkeit in Mrs. Rodgers' Bewunderung schleichen konnte. Mrs. Brown wußte genau, wie viel die Dinge kosteten, und wie lange sie reichen sollten, und sie wußte immer genau, wie viel von ihrem Fleisch, ihrer Butter, ihrem Tee und von anderen Vorräten sie noch besaß, so daß Mrs. Rodger's ersten heimlichen Versuchen, etwas davon zu nehmen, Einhalt geboten wurde. Sie war ihr deshalb nicht gram – ganz im Gegenteil. Und so wurde sie bald eine sehr ergebene Verbündete.

Auch Mr. Deane, der jenes erstaunliche Testament von Agathas Mutter aufgesetzt hatte, durch das es Agatha jetzt möglich geworden war, Mrs. Brown von Peckham zu werden, auch Mr. Deane war sehr hilfsbereit und freundlich. Er schüttelte verständnisvoll den Kopf, als Agatha ihn aufsuchte und ihm von Familienschwierigkeiten erzählte, wegen derer sie ihr Zuhause verlassen hatte, und da er es natürlich als seine Pflicht ansah, erklärte er sich sofort dazu bereit, die Verwaltung von Agathas »Besitz« – den sechs Häusern in Beaconsfield Terrace – zu übernehmen. Er blickte neugierig und verschlagen auf, als Agathe ihm erklärte, daß sie bei ihrer neuen Adresse als Mrs. Brown bekannt war, aber als er ihren Gesichtsausdruck bemerkte, zupfte er verlegen an seinem weißen Backenbart und sah wieder auf seine Notizen. Denn schließlich war er ein Anwalt, und Anwälte sollten unangenehme Familiengeheimnisse nicht erschüttern.

Die Colchester Street in Peckham war eine kurze Straße mit etwa hundert ziemlich, aber nicht gänzlich gleichförmigen Häusern auf jeder Seite, die Bürgersteige waren mit tristen Platten gepflastert, der Rest häßlich geschottert. An einem Ende verlief die Hauptstraße, auf der ein für damalige Verhältnisse starker Verkehr floß – vorwiegend Straßenbahnen und Busse, von Pferden gezogen –, und am anderen Ende war ein Wirtshaus, das Colchester Arms. Aber trotz dieser letzteren Beeinträchtigung war die Colchester Street sehr respektabel, und zur Zeit des hier geschilderten Geschehens beherbergten nur wenige Häuser mehr als eine Familie. Hier und da lebten Witwen, Witwer oder unverheiratete Damen (Lehrerinnen) in ein oder zwei Zimmern zur Untermiete, aber das war etwas weit anderes als sonst noch denkbare Möglichkeiten. Agatha war auf Colchester Street Nr. 37 gestoßen, als sie die Kleinanzeigen der Lokalzeitung studierte. Es war die erste Adresse, die sie aufsuchte, und sie war damit zufrieden. Sie zog ein und richtete sich auf ein Leben ein, das eine seltsame Mischung aus strikter Ordnung, Logik und wilden Phantasien war. Es war nur ordentlich und logisch, daß sie ihre wöchentlichen Rechnungen prompt beglich, ihre Ausgaben scharf im Auge hielt und die Achtung der Leute fand, denen sie begegnete; aber es war phantastisch, daß sie keine anspruchsvollen täglichen Pflichten plagten, daß sie so viel Muße hatte, niemanden besuchen mußte und keine Besuche empfing, daß sie als »Mrs.« angesprochen wurde und daß sie zum Arzt ging und ihm ihren süßen, nur ihr gehörenden Leib zur Untersuchung und Beurteilung ihres Zustands überließ. Das Urteil des Doktors stimmte natürlich vollkommen mit ihrem eigenen überein. Auch er sah sie scharf an; sie hatte sich als Witwe und als Neuankömmling vorgestellt, und er erriet scharfsinnig, daß mehr an ihrer Geschichte sein dürfte, als sie zu erzählen bereit war, obwohl – obwohl: Ihre gesetzte Kleidung und ihr gesetztes, selbstbewußtes Verhalten, ihr gelassener, klarer Gesichtsausdruck ließen ihn seine Zweifel bezweifeln, nur damit sie in erneuter Stärke zurückkamen, als er herausfand, daß sie mit keiner Frau befreundet war, daß sie anscheinend überhaupt keine Freunde auf der Welt hatte. Aber er tat seine Pflicht und mehr – er verordnete ihr eine Schonkost, klärte sie über Dinge auf, von denen sie nichts wußte, und besorgte schließlich zwei oder drei Bücher für sie, die in dem diskreten, an Andeutungen reichen Stil gehalten waren, in dem zu jener Zeit solche Bücher geschrieben wurden, und die ihr mehr oder minder als Leitfaden für das bevorstehende große Ereignis dienen sollten.

In den neunziger Jahren wurden werdende Mütter als Kranke angesehen; dieses durften sie nicht tun, jenes durften sie nicht tun, und es sei besser, wenn sie das andere auch nicht täten. Die Bücher erlegten Agatha alle möglichen Einschränkungen und Vorschriften auf, und sie erklärten ihr als gottgewollt, daß sie sich fraglos unwohl fühlen würde, während sie sich, offen gestanden, besser fühlte denn je zuvor. Damals war sie darüber sehr verwundert, aber sie nahm das geschriebene Wort als Bibel – das und die vielfachen Andeutungen und Vorschläge von Mrs. Rodgers –, weil sie schließlich nicht mehr wußte, als das, was ihr gesagt worden war. Also stand sie jetzt spät auf, immer erst, wenn die Kinder auf dem Weg zur Schule unter ihrem Schlafzimmerfenster vorbeigingen und sich gegenseitig fröhlich zupfiffen, und sie frühstückte im Morgenrock und saß am geschlossenen Fenster (bei brennendem Feuer, bis der Sommer fraglos gekommen war) und beobachtete das kleinbürgerliche Schauspiel auf der Straße, während sie Stich um Stich nähte und dabei in all der Realitätsferne ausgefüllten Müßiggangs vor sich hin träumte.

Denn dafür, daß die Bücher sie als Kranke behandelten, boten sie doch wenigstens etwas Ausgleich durch die Fülle der Kleidungsstücke, die sie für den »kleinen Fremdling« als unerläßlich vorschlugen. Dies war der häßliche Ausdruck, mit dem sie so freigiebig umgingen, aber für Agatha klang er nicht häßlich; sie hätte ihn als diskrete, notwendige Umschreibung bezeichnet, wenn ihr je in den Sinn gekommen wäre, einen so merkwürdigen Ausdruck zu verwenden. Der »kleine Fremdling« also brauchte tausenderlei Kleidungsstücke – meterlange Leibbinden, Jäckchen zum Ausfahren, Schleier und Schals und ein Taufgewand, Söckchen und Handschuhe, Kleider für den Tag und Nachtgewänder aus Flanell, zierlich mit Seide bestickt – und Agatha machte jedes einzelne Stück selbst, nähte Stunde um Stunde, geduldig am Fenster sitzend. Sie setzte Stich um Stich, aber von den Träumen zu berichten, die sie mit den Seidenfäden verwob, wäre nicht schicklich.

Mit der Zeit lernte sie diese Nebenstraße und ihre ständigen Besucher sehr gut kennen. Da gab es die Lumpensammler, von denen jeder einzelne seinen eigenen, unverkennbaren Ruf intonierte; da gab es den Milchmann auf seiner Elf-Uhr-Runde und die saubere Karre des Bäckers und den Wagen des Fleischers, von einem prächtigen Fuchs gezogen, der vom pomadeköpfigen Sohn des Fleischers arg strapaziert wurde; und da gab es den Versicherungsagenten in Anzug und Zylinder und die Obsthändler und Scherenschleifer.

An drei Nachmittagen in der Woche kamen Leierkastenmänner, einer mit einem vor Kälte zitternden Affen in rotem Jäckchen, der andere ein richtiger Italiener, gebräunt und gutaussehend, mit blendend weißen Zähen, der »O sole mio« immer so herzerschütternd sang, daß Agatha das Fenster öffnete und ihm einen Penny zuwarf. Und dazu gab es die Kinder – oh, die Kinder! Jedes Haus hatte zwei oder drei davon, die mittags um zwölf zum Essen nach Hause trabten und um zwei zur Schule zurück, und noch einmal die Straße entlang um halb fünf. Agatha kannte sie alle, die Großen und die Kleinen, die Späten und die Frühen, die Braven und die Frechen. Große Schwestern mußten oft ein oder zwei Kleine begleiten, und mehr als einmal beobachtete Agatha in den sechs Monaten das Entstehen neuer Unabhängigkeit, wenn ein kleiner Junge plötzlich meinte, daß er die große Schwester nicht mehr brauche, und seinen Weg zur Schule selbst finden könne. Allerdings nicht so ganz von sich überzeugt, denn gelegentlich würde er sich umsehen, um sich zu vergewissern, daß die Schwester nicht ganz außer Sichtweite war. Selbst das Entstehen eines neuen Planeten hätte Agatha nicht mit größerem Interesse beobachten können.

Es gab einige, für die die düsteren Platten des Bürgersteigs freundlich und einladend waren, denn es war ein großartiges Spiel, nur auf den Strichen dazwischen zur Schule zu gelangen. Genau vor dem Haus Nr. 37 waren hintereinander drei sehr breite Platten, viel breiter als die Schritte eines normalen Sechsjährigen, und Agatha beugte sich immer in heller Aufregung nach vorn, um zu sehen, ob der kleine Junge oder das kleine Mädchen diese gefährliche Passage sicher hinter sich brachte. Da gab es freche Bürschchen, die »Klopfmut« spielten – sie klopften an beinahe jede Tür der Straße und liefen davon, bevor sie geöffnet wurde. Agathas Herz schlug dann immer heftig und bangte, ob sie erwischt würden, aber das passierte nie. Als Agatha in Nr. 37 einzog, waren Kreisel die große Attraktion, dann folgten Murmeln und Seilhüpfen (je nach Geschlecht), und dann tauchten Kirschkerne und kleine Bälle und ein oder zwei Cricket-Schläger auf, bevor der Fußball wieder zu seinem Recht kam. Ein fürchterlicher Zwischenfall passierte, als ein kostbarer Tennisball in einen Gully rollte. Agatha beobachtete zitternd, wie das Gitter hochgestemmt wurde und zwei kleine Wichte von sieben Jahren die Füße eines anderen Wichts von neun Jahren hielten, der mit dem Kopf nach unten, zu Dreivierteln im Loch verschwand und nach dem Ball angelte, wobei die krampfhaften Bewegungen seines Körpers um ein Haar dafür gesorgt hätten, daß er in das gräßliche Loch gestürzt wäre.

Es waren die kleinen Jungen, die Agatha am meisten interessierten, obwohl die Mädchen keineswegs zu kurz kamen. Sie kannte die Ordentlichen und die Unordentlichen, die Adretten und die Wilden, und mit bezeichnender Parteilichkeit mochte sie die Ordentlichen am liebsten. Ihr Herz zerriß beinahe, als dem Adrettesten und Ordentlichsten von allen ein Unglück passierte, einer selbstzufriedenen, properen Zehnjährigen, der mitten auf der Straße, unter den Augen der vielen Leute plötzlich die Unterhose herunterrutschte. Sie zog sich in den Vorgarten des Hauses Nr. 37 zurück, und Agatha beobachtete voll sehnsüchtigem Mitleid, wie sie, hinter der gestutzten Ligusterhecke kauernd, das Höschen wieder in Ordnung brachte.

Es war erstaunlich, daß Kinder sie so faszinierten. Bislang hatte Agatha nie über Kinder nachgedacht; zwei Dienstmädchen und ein Haus hatten sie zu sehr in Anspruch genommen, und das Wenige, das sie über die Art des Zur-Welt-kommens, die Kinder wählten wußte, hatte ihr immer sehr mißfallen. Sie hatte etwas Verachtung für die form- und hilflosen Ehefrauen empfunden, die sie manchmal besuchte – Mr. Browns schlichte Freunde waren produktive Väter –, und sie hatte greinende Babys, nasse Babys und erbrechende Babys verabscheut. Alle Babys, die sie kannte, fielen in eine dieser drei Kategorien, und Kinder waren überhaupt immer streitsüchtig oder dumm oder altklug. Jetzt dagegen war alles ganz anders; während sie tausend Biesen an ein lächerliches Nachthemd nähte oder wunderschöne Stickereien in die Kragenecken eines Flanellkleidchens setzte, dachte Agatha kaum an anderes als an Kinder. Aber schließlich war sie für einige Zeit Gefangene, und Gefangene – hieß es ja – interessieren sich selbst für Spinnen und Mäuse und ähnliche Dinge, nicht anders als Agatha für Kinder.

Es gab allerdings noch eine andere Sache, für die sie sich interessierte. Als sie eines Tages flüchtig die Zeitung las, fiel ihr ein Name ins Auge, und mit einem leichten Schock sah sie näher hin. Es war der Name des Korvettenkapitäns R.E.S. Saville-Samarez, und er stand mitten in einer Liste mit der Überschrift »Beförderungen der Marine«. Agatha mochte diese Spalte vielleicht schon früher gesehen haben, aber sie hatte ihr nichts bedeutet. Ihr war nie in den Sinn gekommen, daß sie darin Samarez' berufliche Karriere verfolgen könnte, und diese Entdeckung rief ihre Aufmerksamkeit hervor. Sie stellte fest, daß gelegentlich eine zweite Spalte mit dem Titel »Bewegungen der Schiffe Ihrer Majestät« erschien, und mit Hilfe dieser zwei Veröffentlichungen konnte sie Samarez überall folgen, wohin die Obersten der Admiralität ihn schicken mochten. Von da an kaufte Agatha ihre eigene Zeitung und verließ sich nicht mehr auf gelegentliches Lesen der Zeitung von Mrs. Rodgers, und stets suchte sie zuerst nach diesen zwei Spalten. Es wurde ihr Hobby, wie Kinder ihr Hauptinteresse geworden waren.

Tag um Tag, Woche um Woche vergingen. Der Stuhl am Fenster des ersten Stocks war ihr fast zur zweiten Natur geworden, genau wie ihre abendlichen Spaziergänge in den Seitenstraßen. Beinahe schien es ihr, als hätte sie ihr ganzes Leben nichts anderes getan, als auf die Ankunft ihres Sohnes zu warten, dessen sie so überzeugt gewiß war, und als würde sie nie etwas anderes tun. Es fiel ihr sehr schwer, sich selbst davon zu überzeugen, daß ihre Zeit bald heran war. Doktor Walters sah die Angelegenheit natürlich in einem viel nüchterneren Licht, und es war vor allem die geschäftliche Förmlichkeit seiner Visiten, die die Einsicht in Agatha reifen ließ, daß sie ihre Vorbereitungen abschließen mußte.

Während der letzten Wochen war in der Salisbury Road, die parallel zur Colchester Street verlief, etwas Neues, Bedeutungsvolles geschehen. Ein Schild hatte sich dort breitgemacht mit weit geöffneten Armen und darauf stand: »Privatklinik für Chirurgie, Allgemeinmedizin und Entbindung«. Bis zu dieser Zeit waren Privatkliniken in Vororten fast unbekannt gewesen. Wenn die Bewohner dort schwer erkrankten, gingen sie ins Krankenhaus, war es weniger ernst, strampelten sie sich in ihren Kaninchenställen von Häusern allein ins Leben zurück oder dem Tod entgegen; neunhundertneunzig von tausend Vorstadtbabys wurden in demselben Bett geboren, das auch ihrer Zeugung gedient hatte. Die durchschnittliche Ehefrau hätte nicht im Traum daran gedacht, ihre Entbindung kaltblütig woanders zu erledigen, besonders nicht, als Hauspersonal noch gang und gäbe war. Vorstädtische Privatkliniken und Restaurants und all die anderen heimtückischen Zerstörer des Familienlebens kamen erst durch den Mangel an Hauspersonal zur vollen Blüte. Die Privatklinik entstand etwas zu früh; ihre chirurgische und allgemeine Abteilung waren bloße heroische Gesten, und selbst die Entbindungsstation gedieh nie richtig. Das Unternehmen fand nach einjährigem Überlebenskampf ein klägliches Ende, aber dieses Jahr sah die Ankunft von Agathas Kind.

Agatha traf ihre Vorbereitungen mit der vollen Billigung von Dr. Walters, denn der Doktor hegte glückliche Erinnerungen an seine Krankenhauszeit mit ausgebildeten Assistenten und anständigem Gerät und war sehr unglücklich über die Improvisationen, mit denen er sich während seiner jetzigen Praxis bescheiden mußte, über die Stuben voller Vorhänge, mit schweren Federbetten und mit all den anderen fürchterlich unhygienischen Einrichtungen, an denen die Mütter natürlich keinerlei Makel entdecken konnten. Auf sonderbare Weise erregt, machte sich also Agatha eines Tages, begleitet von Mrs. Rodgers, auf den Weg zur Privatklinik Salisbury, jenen schon historischen Koffer in der Hand, der sie jetzt in ihr drittes großes Abenteuer begleitete. Agatha gefiel alles: die kargen, sauberen Zimmer, die gepflegten, tüchtigen Krankenschwestern und überhaupt die ganze heiter-teilnahmslose Atmosphäre des Ortes; denn Agatha hatte ja zu den meisten Dingen eine recht spartanische Einstellung.

Sie sah Schmerz als notwendigen Teil des Lebens an; seit ihrer Kindheit waren ihr Vorstellungen wie der »Fluch Evas« und andere Ideen der Prädestinationslehre eingeimpft worden; sie wußte (und es quälte sie), daß sie »gesündigt« hatte, und schritt unbeirrt vorwärts. Das Durchhaltevermögen, das ihren Vater vom Laufburschen zum Grossisten hatte aufsteigen lassen, trug jetzt auch sie ohne Zagen oder Reue in die Mutterschaft. Leichte Wehen traten ein, und sie wurde ins Bett gesteckt; Dr. Walters sah vorbei und gab sich unbesorgt heiter, dann ging er wieder. Und dann kamen die wirklichen Wehen, sie wurde in Wellen davongetragen und in ein Meer von Schmerzen gestürzt, so stark, wie sie es nicht für möglich gehalten hätte. Das glatte, tüchtige Gesicht der

Krankenschwester und das von Dr. Walters mit seiner freundlichen Zurückhaltung flossen in ihr Bewußtsein, um wieder im grauen Nebel zu verschwinden. Sie sog einen Hauch von Äther ein, wußte zu dieser Zeit aber nicht, daß sie damit versorgt wurde. Dann war alles vorbei (zurückblickend hätte Agatha gesagt, daß es ungefähr eine halbe Stunde oder so gedauert hatte), und sie konnte einige wunderbare Minuten lang ihr Kind im Arm halten. Die Wonnen der Mutterschaft waren augenfällig und nichtsdestoweniger angenehm. Es war natürlich ein Junge. Agatha war sich dessen von Anfang an sicher gewesen. Nichts anderes war denkbar. Agatha begriff nie, daß es nur eine Möglichkeit von zweien und keine Selbstverständlichkeit gewesen war.

6

Sie nannte ihn Albert, Gott weiß warum. »Dick«, was als natürliche Wahl erscheinen mochte, kam nicht in Frage. Tief in ihrem Inneren wußte sie, daß Richard Saville-Samarez nicht ganz so viel Gehirn besaß, wie sie es sich für ihr Kind wünschte, und sie wollte kein Risiko eingehen. Sie hatte »George« erwogen, aber den Namen dann verworfen, für den Fall, daß sie jemals wieder ihrer Familie begegnen sollte, denn »George« war nicht nur der Name ihres Vaters, sondern auch der ihres Lieblingsbruders, und sie wollte sie nicht in den Glauben versetzen, daß das Kind nach ihnen benannt worden war. Das hätte in ihnen Besitzansprüche wecken können, und das wollte sie nicht: Albert war ihr Ureigenstes. Und so wählte sie »Albert«. Sie kannte niemanden dieses Namens, und das befriedigte ihr eifersüchtiges Verlangen nach Besitz, und gleichzeitig klang in dem Namen eine gewisse Verbundenheit mit der königlichen Familie an, und das empfahl ihn ihrem etwas bürgerlichen kleinen Herzen.

Und Albert Brown wuchs heran und entwickelte sich wie jedes andere Baby auch, obwohl Agatha jede Ähnlichkeit empört zurückgewiesen hätte. Er nahm sein Essen mannhaft zu sich. Zuerst spielte er mit schwachen, tastenden Fingern eines hilflosen Babys mit seinem Spielzeug, später griff er zielbewußter danach, mit einem Sinn für seine sich entwickelnden Muskeln. Seine Zähne brachen durch, und er jammerte darüber genauso, wie man es von einem gesunden Kind gesunder Eltern erwartete. Er vollbrachte die

Leistung, das erste Mal zu sitzen und das erste Mal zaghaft zu strampeln. Ein- oder zweimal gestattete er sich eine schlechte Verdauung. Bald gelang ihm das Wunder, aufrecht zu stehen, und irgendwann kam der herrliche Tag, an dem er Agatha zum ersten Mal mit »Mami« ansprach, und wenig später wurde aus Mrs. Rodgers eine Miss Ozzes.

Denn Agatha war von der Privatklinik Salisbury zur Colchester Street Nr. 37 zurückgekehrt. Es war angenehm, dort zu leben, und sie wollte nicht nach einem neuem Zuhause suchen, und Mrs. Rodgers hatte keinen zufriedenstellenden neuen Untermieter gefunden, und zudem war die nüchterne, unauffällige kleine Straße Agatha in den sechs Monaten der werdenden Mutterschaft ans Herz gewachsen. Überdies fing Agatha bald an, in der Umgebung Geschäftsverbindungen aufzubauen. Alberts kunstvolle Babykleidung erregte überall Bewunderung, und ihr Ruf verbreitete sich in der ganzen Nachbarschaft. Es dauerte nicht lange, bis Agatha erste vorsichtige Anfragen erhielt, ob sie vielleicht daran interessiert wäre, ähnliche Dinge für andere Babys in Peckham zu arbeiten, für bereits geborene wie auch in Kürze zu erwartende. Agatha hatte festgestellt, daß sogar noch die anspruchsvolle Aufgabe, das beste Baby Englands zu versorgen, ihr viel Freizeit ließ, und sie verabscheute Müßiggang. Sie nahm Aufträge bereitwillig an, und sehr bald blieb ihr nur noch wenig freie Zeit. Ihre starken, entschlossenen Hände waren (wenn sie nicht von Albert Brown beansprucht wurden) fast den ganzen Tag damit beschäftigt, wunderschöne Stickereien auf Umhänge und Taufgewänder zu setzen, und bald dehnte sich das Geschäft auch auf Hochzeitskleider und Aussteuer-Wäsche aus. Zwar erzielte sie damit keinen großen Gewinn, aber doch einen kleinen, und Agatha, auch wenn es ihr leicht genug fiel, von hundert Pfund im Jahr zu leben, war doch davon angetan, ihr Einkommen zu vergrößern und Ersparnisse beiseitezulegen. Mr. Deane, der Anwalt, hatte sie ungläubig angesehen, als sie ihm von ihrer Absicht erzählte, Albert Marine-Offizier werden zu lassen; er hatte sogar unter Aufbringung all seines Taktgefühls darauf angespielt, daß eine Zulassung zur Marine für den illegitimen Sohn einer Gemüsehändlers-Tochter vielleicht nicht so einfach zu erlangen wäre, und in seiner sanften Art die Ausgabe als Geldverschwendung bedauert, aber Agatha verfolgte ihr Ziel trotzalledem. Wenn Planung und Geld und gute Erziehung für Albert ein königliches Offiziers-Patent erringen konnten, dann würde sie nichts ungetan lassen, um für diese Planung, dieses Geld und diese gute Erziehung zu sorgen. Agathas rundes Gesicht blickte noch entschlossener, und mit verstärkter Energie beugte sie sich wieder über ihre Näharbeit.

Und so wuchs Albert Brown in einer aus vielen Bereichen bestehenden Welt auf. Oben war seine Mutter, die mit sanfter, klarer Stimme zu ihm sprach und der er, wie er aus Erfahrung wußte, am besten sofort gehorchte. Andererseits wußte er, daß wenn er den gefährlichen Abstieg über die Treppe schaffte, er warm von Mrs. Rodgers empfangen wurde, die immer mit einem freundlichen Wort oder einem Butterbrot, dick mit Kandiszucker bestreut, aufwartete und die zwar relativ einfallslos, aber immer bereitwillig an irgendeinem Spiel, das er sich ausdachte, teilnahm oder einen anderen, gleichermaßen willkommenen Beitrag zu seinem Alltag leistete. Aber Mrs. Rodgers nahm, trotz all ihrer honigsüßen und kandisgezuckerten Schmeicheleien, nicht einmal halb soviel Platz in Alberts Vorstellungen ein, und noch weniger in seinem Herzen, wie seine Mutter, die wirklich sehr abwechslungsreich mit ihm spielte, die ihm aus betörenden Büchern vorlas und deren süße, reine Stimme tausendmal mehr wert war als Mrs. Rodgers' heisere Äußerungen. Draußen vorm Haus war die Straße mit ihren tausendfachen, enormen Reizen – die schweren Zugpferde mit dichten Haarbüscheln an den Fesseln, riesigen Hufen und mächtigen Kruppen, mit schimmerndem Fell und vor dem Maul schlenkernden Futtersäcken; und Botenjungen und Straßenfeger und Busse und Trupps von Straßenarbeitern; und die Schaufenster der Spielwarengeschäfte; und kleine Jungen und Mädchen; und jenseits der Straße war der Park, wo kleine Jungen mit überschäumender Energie wie wild hin und her rasten, schreiend und jauchzend und lärmend, wo man den Booten auf dem Teich zusehen und sich mit streunenden Hunden anfreunden konnte, zur Mutter laufen und wieder davonrennen konnte, und zwar mit einem Tempo, das irgendwo zwischen dem eines galoppierenden Reiters und dem einer unter Volldampf pfeifenden Lokomotive lag. Der Park und die Straße und Oben und Unten waren die meiste Zeit großartige Orte, und wenn das herzzerreißende Unglück der Kindheit einen jemals überfiel, dann gab es immer Mutters süß duftende Brust, an der man seinen Kummer ausweinen konnte, und Mutters weiche, runde Arme, die einen umfingen, und ihre warmen Hände, die einem über den Rücken streichelten, bis aller

Kummer fortgeblasen war. Und bald bekam die Welt einen fünften Abschnitt, nämlich die Schule, in der eine allmächtige Göttin namens Miss Farrow herrschte, die alles wußte und die so überragend groß war, daß man nie vermutete, ihr Lächeln könnte einem selbst gelten, und die zwar selten, aber mit fürchterlichen Ergebnissen den Stock bei kleinen Jungen einsetzte, die es gewagt hatten, unartig zu sein. Den Stock mußte man viel viel mehr fürchten als irgendeine mögliche Ohrfeige von Mami.

Agatha, die die Entwicklung ihres Kindes mit der schrecklichen Objektivität einer Mutter beobachtete, die geboren war, überschäumend zu lieben, aber gebremst von brennendem Ehrgeiz, kam früh zu der Erkenntnis, daß ihr Sohn kein Genie war, eher Mittelmaß, und daß er sich der Disziplin viel leichter fügte, als sie es sich von Nelson und Drake in deren Kindheit vorstellte. Er war ein friedfertiger und ordnungsliebender Schößling der modernen Zivilisation; er schickte sich in schulische und häusliche Regeln, außer wenn die Verlockung, sie zu übertreten, unmäßig groß war. Agatha fühlte darob einen Stich der Enttäuschung – zweifellos hätte ein Kind, daß so gesetzlos gezeugt worden war, aus der gewöhnlichen Menge herausragen sollen! Aber die Pläne, die in den sechs Monaten vor Alberts Ankunft in Colchester Street so oft erwogen und liebevoll wiedererwogen worden waren, überdeckten schnell diesen enttäuschenden Zustand. Die ruhige Voraussicht einer Frau, die sich nur um sich und ihr Kind zu sorgen brauchte, begann ein neues Erziehungssystem zu planen, das Alberts Schritte wohlbehalten auf den dornigen Pfad zur Admiralität lenken sollte.

Wäre Alberts Vater Börsenmakler gewesen, so hätten sich Agathas Gedanken vielleicht auf Aktien und Wertpapiere gerichtet; wäre er Künstler gewesen, so hätte Agatha Kunst studiert, aber wie die Dinge standen, hatte ihr die Tatsache, daß er ein Offizier der königlichen Marine war, den ersten notwendigen Anlaß vermittelt, sich mit der Marine als ihrem Hobby zu beschäftigen. Die Anfänge waren natürlich bescheiden – man hat nur selten die glückliche Gelegenheit, große Unternehmungen bis zu ihren allerersten Schritten zurückverfolgen zu können –, aber sie entwickelten sich rasch, und ihre schließliche Frucht wurde in den Geschichtsbüchern aufgezeichnet. Der Zufall hatte sie die Zeitung zum Studium der Beförderungen und Bewegungen der Marine entdecken lassen; der Zufall führte sie weiter zum Marineregister der öffentlichen Bibliothek, wo sie alle mit Patent bestallten Angehörigen der Marine nachschlagen und dem mühseligen Aufstieg des Korvettenkapitäns R.E.S. Saville-Samarez zu beruflichen Höhen, ständig vom Gespenst der Altersgrenze gejagt, folgen konnte. Von da an war es nur ein Schritt zu den Büchern, die jedes Kriegsschiff der Welt beschrieben und in denen sie über jedes Schiff, auf das Samarez versetzt wurde, nachlesen konnte. Sehr schnell hatte Agatha ein ziemlich umfassendes Wissen von Schiffsgeschützen, Tonnage und Wasserverdrängung angesammelt. Sie konnte, ohne verwirrt zu werden, über Schutzdecks nachlesen; sie konnte sogar Diskussionen über die brennende Frage folgen, ob Panzerkreuzer einen Platz in der Schlachtlinie einnehmen sollten. Es war ein außergewöhnliches Hobby für eine Frau, aber wer wagt vorauszusagen, in welche Richtung eine von der Welt abgeschnittene, alleinstehende Frau ihre Energien lenken wird. In den Regalen der Bibliothek fanden sich alle möglichen Bücher, die für Agatha von Interesse waren. Sie hatte ihrer Erziehung entsprechend natürlich keinerlei Verwendung für Romane, aber sie las die Biographien verschiedener Admirale, die Geschichte der Marine und die »Briefe Lord Nelsons«. Hätte sie eine essayistische Ader gehabt, hätte sie recht gute Aufsätze verfassen können über Howes Taktik an jenem berühmten Ersten Juni oder über Nelsons Verweigerung des Befehls, Sizilien preiszugeben. Zahllose Fußnoten in den Büchern brachten sie zum Studium Mahans und seiner klassischen Betrachtungen über Seemacht, und von dort lockte es sie unvermeidlich zu den tiefen und ernsten Problemen, wie der immens bedrohlichen Bedeutung maritimer Vorherrschaft, der Doktrin der präventiven Flottenpräsenz und anderen Dingen, an die Normalsterbliche keine zwei Gedanken verschwenden. Mit rührender List begann sie, die Gedanken des jungen Albert in ähnliche Richtungen zu lenken. Wenn Albert kein Genie war, so mochten vielleicht eine geordnete Erziehung und eine kluge Geschmacksbildung ihrem Ziel dienen.

Mr. Deane, der Anwalt, konnte das nicht verstehen. Er zupfte an seinem ehrwürdigen Backenbart, strich über seine hohe Stirn und zeigte sich arg verwirrt durch Agathas wiederholte Forderung, alles in Erfahrung zu bringen über die Voraussetzungen für die Aufnahme in die Flotte, über die Kosten einer Seefahrtschule und über ähnlich hochtrabende Absurditäten. Er erlaubte sich, darauf hinzuweisen, daß Agatha, wenn sie weiterhin darauf bestand, den jungen Albert zur Marine zu schicken, ihn mit seinem zwölften Lebensjahr für sich verlieren würde. Agatha war sich darüber bereits völlig im klaren und dennoch fest entschlossen, als sie mit ihm sprach. Agatha glaubte an Selbstaufopferung als erste Pflicht der Menschheit; die Menschen (und insbesondere die Frauen) waren zum Leiden geboren; und es erschien ihr richtig und angemessen, daß sie ihr Kind aufgeben sollte, vor allem, wenn es der Marine zugute kam. Die britische Marine war für sie die vornehmste Institution der Welt, sie war die äußere, sichtbare Offenbarung der Größe Gottes. Mr. Deane seufzte ungläubig und ungeduldig; er war in einer Welt groß geworden, in der Frauen niemals einen eigenen Gedanken hatten, und niemals, nicht einmal im Traum, daran dachten, männlichem Rat zuwider zu handeln. Vielleicht war es diese seine Ungeduld, die ihn auf den abschüssigen und schlüpfrigen Pfad trieb, auf dem seine Füße bereits zu dieser Zeit irrten. Vielleicht konnte er die Vorstellung nicht ertragen, daß gutes Geld darauf verschwendet werden sollte, Albert Brown zur Flotte zu schicken, und er veruntreute es lediglich, um das zu verhindern. Aber im Ernst, Agathas Unbeugsamkeit muß in Rechnung gestellt werden, wenn man die Umstände, die zu den Untaten des hochwürdigen alten Heuchlers führten, genauer beleuchten will.

Die Versuchung war zweifellos sehr groß. Großangelegte Straßenbauvorhaben, die Erweiterung des Straßenbahnnetzes und die Entwicklung von Industrieanlagen im Südosten Londons hatten dazu geführt, daß viel Hausbesitz verkauft worden war – einschließlich desjenigen Agathas. Mr. Deane fand sich kurzzeitig im Besitz einer großen Menge Kapitals seiner Klienten. Aber Mr. Deane – diese furchtbare Wahrheit kam erst später ans Licht – führte zwei Leben, eines an der Seite seiner guten Ehefrau, ein zweites in Gesellschaft eines Fräuleins, das zu einer Schicht gehörte, die die Zeitungen gelegentlich als Halbweltdamen bezeichnete. Mr. Deanes Ausgaben waren verständlicherweise größer als seine Einnahmen. Mr. Deane bemühte sich, diesen Zustand zu ändern, und betrieb vorsichtig Spekulationen. Mr. Deane wählte den südafrikanischen Markt als Aktionsfeld. Mr. Deane verlor Geld, denn südafrikanische Wertpapiere stürzten angesichts des drohenden Krieges mit Südafrika. Mr. Deane schrak vor dem Gedanken an Selbstmord oder an Gefängnis und Armut zurück. Mr.

Deane sammelte ein, was vom beweglichen Vermögen seiner Klienten geblieben war und reiste in Begleitung der Halbweltdame nach Callao ab. Der Konkursverwalter war lange Zeit damit beschäftigt, den von Mr. Deane zurückgelassenen Ruin zu ordnen. Agathas Geld war fast zur Gänze verschwunden. Der Konkursverwalter rettete einen winzigen Teil ihres ursprünglichen Kapitals, aber es war eine kläglich kleine Summe. Das Schicksal, das Will Brown für ihr Geld vorhergesagt hatte, war eingetreten. Und es war diese Tatsache – die Voraussage Wills –, die mehr als alles andere Agatha die Zähne zusammenbeißen ließ, so daß sie sich mit Energie wieder an ihr Lebenswerk setzte, ohne an ihre Familie zu denken. Sie würde nicht zu ihnen zurückgehen und um ihre Hilfe betteln. Sie wollte sie nicht sagen hören »Ich hab's dir gesagt«. Die feine Näharbeit, die sie bislang so leichten Herzens betrieben hatte, um sich etwas Luxus zu erlauben, mußte jetzt das täglich Notwendige sichern. Es war ihr Glück, daß sie Verbindungen aufgebaut hatte, und daß sie nicht mehr viel dazu tun mußte, um in der Gunst der großen Textilhändler Peckhams zu stehen und sich einen kleinen, aber festen Markt zu schaffen. Keine Flotte mehr für Albert. Wenn sie gewußt hätte, daß ihr Vater oder ihre Brüder das Geld dafür gestellt hätten, wäre sie zu ihnen zurückgegangen und hätte demütig das Brot der Reue gebrochen und das Wasser des Leidens getrunken, aber sie war sich nur allzu sicher, daß sie das nicht tun würden. Ihre Vorstellung von Pflicht ihr gegenüber würde die Notwendigkeit beinhalten, Albert in Pflege zu geben, ihn loszuwerden, ihn in die Kolonien oder zur Handelsmarine zu schicken, und zwar so schnell, so unauffällig und so kostensparend wie möglich. Sie waren Heiden, Ungläubige, die nicht vom Geist der Marine erleuchtet worden waren.

Und so sorgten feine Näharbeit, Stickerei, Plissieren und Knöpfe arbeiten weiterhin für das täglich Brot von Agatha und Albert. Neue Pläne mußten für Alberts Zukunft geschmiedet werden. Wenn er ein Offizierspatent nicht auf üblichem Wege bekommen konnte (vielleicht war es nur gut, daß Mr. Deane sich mit der Halbweltdame eingelassen hatte, denn vermutlich hätte Albert niemals die Hürde der Zulassungsprüfung genommen), dann mußte er es eben auf unüblichem Wege erringen. Ein Patent wurde manchmal über den Umweg des Unterdecks gewonnen, durch die Hintertür, sozusagen. Albert mußte also als Matrose beginnen und sich seinen Weg hinaufarbeiten. Wenn er mit einer gesunden Vorstellung über seinen Beruf, mit Begeisterung – mit Fanatismus – und einer guten Allgemeinbildung begann, war das sehr wohl möglich. Agatha ließ ihre zweihundert Pfund in der Bank für den Tag, an dem er eine Uniform und etwas Geld brauchen würde, und warf sich mit Eifer in die Aufgabe, Albert mit der Grundlage, die sie für notwendig erachtete, zu versehen.

Das war sehr leicht, denn Albert war ein williger kleiner Junge, und er verfügte bei weitem nicht über genügend Persönlichkeit (es wäre ungewöhnlich gewesen, wenn er sie gehabt hätte), um der Ansteckung mit Agathas Begeisterung zu widerstehen. Die Volksschule war jetzt natürlich das einzige, was seine Mutter sich leisten konnte, aber Volksschulerziehung, von starkem häuslichen Einfluß unterstützt, gibt einem Jungen bis zu elf Jahren so viel wie jede andere Art von Erziehung. Agatha war auf einem Lyzeeum unterrichtet worden, aber ihr gesunder Menschenverstand und ihr unerschütterlicher Wille hatten es ihr ermöglicht, unbeschadet dieser Katastrophe zu entkommen. Während Agatha also sich in die Studien über die höheren Aspekte der Seemacht vertiefte oder einen verworrenen Einblick in die Ballistik der Artillerie gewann, half sie gleichzeitig Albert bei seinen Rechenaufgaben und fing vorsichtig an, ihn mit Drake und Nelson vertraut zu machen.

Und vorsichtig mußte sie sein, denn Agatha stieß bald auf die Unmöglichkeit, in Albert die gleichen, dramatischen Vorstellungen zu wecken, die ihre Träume durchdrangen. Schiffe waren einfach Schiffe für den jungen Albert. Er konnte sie sich nicht, wie Agatha, als winzige Teile des Menschenwerks vorstellen, die auf einer riesigen Wasserfläche schwammen, Teile, die aufs Ganze gesehen kleiner waren als Staubkörnchen auf einem Tennisplatz, und die doch eine Insel vor einem Kontinent schützen konnten. Albert ließ sich nicht durch den prächtigen Aufzug der englischen Seegeschichte beeindrucken (vielleicht war das auch zuviel für einen Zehnjährigen. Lagos und Quiberon, der Nil und Trafalgar waren für ihn lediglich Gefechte, in denen die Engländer ihre natürliche Überlegenheit über die Franzosen bestätigt hatten; die weitreichenden Konsequenzen, versteckt und dramatisch, waren für ihn unvorstellbar. Er war ein nüchterner junger Mann, was Agatha im Laufe der Zeit mit leichter Enttäuschung feststellen mußte. Nicht einmal Agatha mit all ihren Träumen und ihrer Weitsicht wagte das Aufgehen eines Keimes jenes Samen vorherzusagen, den sie in so kargen Boden säte.

7

Durch die Geburt ihres Kindes erstrahlte Agatha plötzlich in einer wunderschönen späten Blüte, wie eine Herbstrose. Ihre Üppigkeit nahm etwas zu, aber in den neunziger Jahren war Üppigkeit keineswegs, was es später sein sollte: etwas Abscheuliches. Wenn Agatha in jenen Tagen spazierenging, so zeichneten sich unter ihrem Rock breite, mütterliche Hüften und füllige, angenehme Oberschenkel ab. Auch ihre Arme waren äußerst füllig und rund, und ihr Gesicht hatte sich glatt und lieblich gerundet, wodurch die Reinheit ihres wirklich zarten Teints noch betont wurde. Sie war jetzt eine schöne, junohafte Frau, erhaben, fast königlich, und ihre Erhabenheit zeigte sich nach außen in der würdevollen Gelassenheit ihrer Gesichtszüge. Sie war eine Mutter, auf die man stolz war – eine Mutter, die man vor allem bewunderte, und so war es kaum erstaunlich, daß der junge Albert stark von ihren Ideen beeinflußt wurde und niemals daran dachte, ihnen zuwiderzuhandeln.

Der kleine Mr. Gold liebte sie auf den ersten Blick. Er war ein netter, wohlerzogener, vornehmer Mann, dessen Name ausnehmend passend war, denn er hatte blaßgoldenes Haar (leider nicht mehr ganz so golden, wie es einst gewesen war) und eine goldgerandete Brille, und über seinem unauffälligen Bauch hing eine goldene Uhrenkette mit einer goldenen Medaille. Seine Kleidung war säuberlich und seine Gewohnheiten schicklich, und wenn man einmal sein leicht zurückweichendes Kinn und den allgemeinen Mangel an Persönlichkeit in seinem Gesicht übersah, so war er ein recht gutaussehender kleiner Mann; schade, daß sein ganzer Charakter wegerzogen worden war. In Unterhaltungen machte Mr. Gold gern Bemerkungen wie »Jungen müssen geleitet und nicht angetrieben werden« und »Freundlichkeit macht sich auf lange Sicht immer bezahlt«, und diese Äußerungen waren, so steht zu befürchten, äußere Anzeichen innerer Ängstlichkeit, denn Mr. Gold war Lehrer an einer Volksschule – um genauer zu sein, an der Schule, die Albert besuchte. Mr. Gold pflegte im Unterricht oft eine Darbietung von Wut zu geben – er schüttelte seine Fäuste und versuchte (mit kleinen, blaßblauen Augen), flammende Blicke zu werfen, und er bildete sich ein, daß er dadurch die Jungen erfolgreich einschüchterte. Aber jedesmal, wenn Mr. Gold mit einem einzelnen Jungen in Konflikt geriet oder wenn er einen von ihnen – sei's ein vierzehnjähriger Bengel oder ein achtjähriges Kind – züchtigen wollte, zitterte er innerlich vor Zweifeln: »Was um Himmels willen soll ich nur tun, wenn er nicht, wie befohlen, seine Hand ausstreckt? Mr. Gold hatte sogar das schwächste Merkmal eines Lehrers entwickelt: er schickte größere aufrührerische Jungen wegen jeder kleiner Untat sofort zum Direktor und vermied eine persönliche Auseinandersetzung mit dem Hinweis, daß sie viel zu böse gewesen seien, als daß er selbst die Sache bestrafen könne.

Aber all das war bei dem jungen Albert nicht nötig, als er schließlich in Mr. Golds Klasse in der Knabenschule kam. Wenn Mr. Gold überhaupt eine Wirkung bei Albert hinterließ, so war es ein schwacher Eindruck von Säuberlichkeit und Adrettheit. Albert hatte äußersten Respekt vor Autorität und konnte sich nicht einmal im Traum vorstellen, daß ein Lehrer Buttermilch in den Adern und Furcht im Herzen hatte. Und als Albert eines Abends nach Schulschluß im Schulhof stürzte und sich das Kinn bös aufschlug, war er Mr. Gold sehr dankbar für die freundliche Art, in der er die Wunde auswischte, das Bluten stoppte und ihn fragte, wie er sich fühle; und schließlich nahm Albert Mr. Golds Angebot gern an, ihn die Colchester Street hinunter zu begleiten für den Fall, daß er sich auf dem Heimweg schlecht fühlte, und seiner Mutter zu erklären, daß die Blutflecken auf seinem Hemd und Kragen nicht seine Schuld waren.

Es war natürlich die Stunde des Nachmittagstees, als Mr. Gold und Albert in Colchester Street Nr. 37 ankamen; das Geschirr glänzte auf dem gedeckten Tisch, und der Kessel auf dem Herd summte. Was konnte natürlicher sein, als daß Mr. Gold zu einer Tasse Tee eingeladen wurde? Und nichts war natürlicher, als daß Mr. Gold, ein von Vermieterinnen geplagter Junggeselle, sich zur Behaglichkeit von Mrs. Browns Wohnzimmer und Kamin hingezogen fühlte und bereitwillig die Einladung annahm – eine Bereitwilligkeit, die sich in Wohlbefinden verwandelte, sobald Mr. Gold Mrs. Browns wunderschönen Teint und ihr wohlgefülltes Mieder bemerkte.

Der junge Albert fand die Situation, nachdem die Neuigkeit, einen Lehrer zu Besuch zu haben, an Reiz verloren hatte, natürlich lästig und ging stillschweigend aus dem Raum, aber Mr. Gold zögerte. Er blühte dankbar auf in der Wärme des Feuers und in Agathas wohlgeübtem Respekt vor dem stärkeren Geschlecht. Eine

Zeitlang redeten sie recht freundlich miteinander, dann empfahl sich Mr. Gold, nachdem er um die Erlaubnis gebeten hatte, sie wieder zu besuchen, und Agatha fand sich nach seinem Abschied in einem fast träumerischen Zustand wieder. Königlich war sie, aber sie war von jener Art Königin, die nach einem Prinzgemahl verlangte. Mr. Golds personifizierte Unzulänglichkeit berührte sie sehr angenehm. Er war ja fast kleiner als sie, sie konnte ihn hochheben und herumtragen, wenn sie wollte. Und er war so vornehm und wohlerzogen (»vornehm« war übrigens das Wort, das ihm am häufigsten über die Lippen kam), ohne dabei so schrecklich eindeutig Internatsschüler zu sein wie Korvettenkapitän Saville-Samarez. Agatha begann zu erwägen, welchen Einfluß eine Ehe mit Mr. Gold auf ihren tief gehegten Wunsch bezüglich Albert haben könnte, und sie stellte fest, daß er gut wäre.

Und mit Agathas Entschluß war Mr. Golds Laufbahn als Junggeselle so gut wie beendet. Er war keineswegs unwillig; voller rosiger Gedanken entfernte er sich in der Abenddämmerung vom Haus Nummer 37. Mr. Gold war kein Mann, der oft an Arme und Beine dachte, und gewiß nicht an andere Teile des weiblichen Körpers, aber an diesem Abend ertappte er sich ziemlich oft dabei. Der Faltenwurf von Agathas Rock, ihre gepflegten Hände, ihr süßes Gesicht und ihr fester Busen – all das wirkte zusammen und versetzte ihn ins Träumen. Am nächsten Tag behandelte er Albert im Unterricht mit so offener Bevorzugung, daß Alberts neunjährige Mitschüler ihm in der Pause arg zusetzten.

Aber ein einziger Augenblick genügte, um alle Hoffnungen Mr. Golds zu zerstören. Schade dabei war, daß er nie erfahren sollte, weshalb Agathas süße Reize aus seiner Reichweite gerissen wurden, was ihn der Aussichten beraubte, von ihren runden weißen Armen umschlungen zu werden, was ihm für immer das Paradies ihrer Brüste und der sanften Süße ihres Halses verbot. Das war bei Mr. Golds drittem Besuch, oder vielleicht auch bei seinem vierten – auf jeden Fall war es sein letzter. Mr. Gold saß im einzigen Sessel am Feuer; er war angenehm voll von Tee und heißem, gebuttertem Toast und einer außerordentlich hohen Meinung von sich selbst, und diese drei Umstände ließen seine Weste an gewissen Stellen vorspringen.

Agatha saß natürlich, wie es sich für die untergeordnete Frau schickt, auf einem weniger bequemen Stuhl vor dem Feuer und beugte sich über ihre Näharbeit. Die charmante Weiblichkeit ihrer Haltung sprach Mr. Gold äußerst wohltuend an; er bewunderte das Spiel der widerscheinenden Flammen auf ihrem gebeugtem Kopf und Hals; Blässe und Rundung ließen kleine rosige Bilder in seinem Hinterkopf auftauchen. Er sah sogar Agathas Beine in ihren adretten Strümpfen vor sich – und gewiß hatte sie, wie das alte Sprichwort sagte, außer ihren Beinen noch etwas anderes im Strumpf! Agatha und etwas Geld – eine tüchtige Haushälterin und eine weißarmige Frau! Das Bild war zu unwiderstehlich. Mr. Gold blähte sich noch etwas mehr auf; bald würde er um ihre Hand anhalten und die Honigsüße ihrer verschlossenen Lippen schmecken. Währenddessen verlief die Unterhaltung recht angenehm; er fuhr etwas selbstherrlich damit fort, nur unterbrochen von Agathas pflichteifrigen »Wirklichs?« und »Natürlichs«.

Auch Agatha hatte beim Nähen kleine Bilder im Hinterkopf, allerdings nicht so detaillierte. Natürlich stellte sie sich nicht die normalerweise bekleideten Teile der Anatomie Mr. Golds vor. Agathas Gedanken liefen nicht in solche Richtung. Aber sie stellte sich verschwommen vor, daß sie Mr. Golds schwaches kleines Gesicht an ihrer Brust fühlte, daß sie ihn mit ihren Armen umfaßte und daß sie jeden Abend als Ehefrau verbrachte, wie es sich schickt, im unbequemeren der zwei Sessel am Feuer sitzend, während ein müder Ehemann ihr erzählte, was sie von der Welt im allgemeinen zu halten habe. Aber plötzlich hörte sie entsetzt zu nähen auf, denn die Bedeutung von Mr. Golds letzten Bemerkungen waren in den wachen Teil ihres Verstandes gedrungen.

»Und all das Geld, das wir für unproduktive Dinge ausgeben«, sagte Mr. Gold. »Ich kann's nicht fassen. Die Einkommenssteuer wird dieses Land sehr bald in den Abgrund treiben. Denken Sie nur an das Geld, das wir für die Armee und die Marine ausgeben. Millionen. »Die »Dreadnought«, über die jetzt so viel gesprochen wird. Zwölf-Zoll-Kanonen und alles. Meiner Ansicht nach ist das nur eine Entschuldigung, um Geld auszugeben, so daß es mehr Stellen für die Neffen und Cousinen gewisser Leute gibt. Wofür brauchen wir eine Marine? Welche Leute sollten uns denn angreifen, und was würde es ihnen einbringen, und überhaupt, was wäre so schlimm daran? Eine Marine bringt niemandem etwas, außer den Leuten, die dort gute Anstellungen bekommen. In Deutschland treibt man es offensichtlich genauso schlimm. Alles nur dummer, gefährlicher Unsinn. Zum Beispiel der letzte Krieg. Welches Recht hatten wir denn, in Südafrika zu sein? Gar keins. Wir hätten niemals kämpfen sollen, Hitzköpfe haben uns hineingetrieben. Das habe ich die ganze Zeit gesagt, obwohl es mich natürlich sehr unbeliebt gemacht hat. Deshalb mußte ich auch die Schule verlassen und kam zur Colchester Street. Sie nannten mich einen Burenfreund und ähnliches. Aber ich hab's ausgehalten. Ich bin ein Mann des Friedens.«

Mr. Gold hörte erst auf, als er den Ausdruck auf Agathas Gesicht bemerkte. Er alarmierte ihn so, daß er aus seinem Sessel aufstand.

»Um Himmels willen, Mrs. Brown, was ist denn? Fühlen Sie sich unwohl?«

»Nein«, sagte Agatha und wich vor ihm zurück. »Nein.«

Sie war lediglich entsetzt über die Häresie, die sich eben in ihrer Gegenwart geäußert hatte. Mr. Gold, den zu mögen sie vermeint hatte, ein Vaterlandsverräter, ein Befürworter der Abrüstung, ein Burenfreund, ein Verächter der »Dreadnought«! Es war unfaßbar. Im selben Augenblick erkannte sie, wie knapp sie davongekommen war. Sie weigerte sich, daran zu denken, welche Wirkung es auf Albert gehabt hätte, wenn Mr. Gold sein Stiefvater geworden wäre. Eine Welt ohne britische Marine! Es war grauenvoll. Mr. Gold hätte nichts ersinnen können, was sie tiefer getroffen hätte.

»Nein«, sagte Agatha, »ich fühle mich sehr wohl.«

Ganz unbewußt ahmte sie die Heldinnen aus den Romanen nach, die sie in den Tagen, bevor die britische Marine sie in ihren Bann schlug, gelesen hatte. Sie »baute sich in ihrer vollen Größe auf«, ihre Augen blitzten, sie machte eine gebieterische Geste.

»Bitte –« sagte Mr. Gold.

»Ich – ich glaube es ist Zeit, daß Sie gehen«, sagte Agatha. Der arme Mr. Gold konnte es einfach nicht begreifen.

»Aber, Mrs. Brown –«

Doch Agatha stand nur von ihrem Stuhl auf, ging quer durch das Zimmer und öffnete die Türe, und es hätte einer stärkeren Persönlichkeit als der Mr. Golds bedurft, um diesem unausgesprochenen Befehl nicht zu gehorchen. Niedergeschlagen schlich er hinaus, und Agatha ließ die Tür energisch hinter ihm ins Schloß fallen. Mr. Gold konnte nichts anderes tun, als seinen Hut und Mantel von den Kleiderhaken am Flurabsatz zu nehmen, die Treppen hinunter zu stolpern und sich zur Tür hinauszulassen.

»Hören Sie, Mrs. Rodgers«, sagte Agatha am Abend, »falls dieser – Mann wieder kommen sollte, sagen Sie ihm, daß ich nicht zu Hause bin. Sie verstehen?«

Sie blickte so majestätisch, und ihre Augen funkelten so wild, während sie das sagte, daß Mrs. Rodgers nur antworten konnte, »aber ja, gnä' Frau, ja, gnä' Frau«, und sie voller Bewunderung ansah und dabei vergaß, irgendwelche Fragen zu stellen. Überdies übermittelte sie Agathas Botschaft mit so viel Nachdruck und Pathos, als Mr. Gold unvermeidlich wieder vorbeikam, daß der unglückliche kleine Mann wütend wurde. Er hatte Agatha bereits geschrieben, doch sie hatte seinen Brief einfach ignoriert. Schließlich rächte er sich, indem er eines Tages Albert aus dem Klassenzimmer rief und ihm ohne jeden Grund eine Tracht Prügel verabreichte. Als Albert das seiner Mutter später erzählte, nickte Agatha nur und tröstete ihn nicht. Es störte sie gar nicht, wenn eine Antipathie zwischen Albert und Mr. Gold entstand. Ganz im Gegenteil. Zudem wußte Agatha, ohne daß Albert es ihr sagen mußte, daß eine Tracht Prügel von Mr. Gold nicht sehr schlimm war.

Mr. Gold kam schließlich über seine verwirrte Erbitterung hinweg und redete sich ein, daß Agatha schlichtweg verrückt sei.

8

So verging Jahr um Jahr, und jedes folgende Jahr schleppte sich schwerer und mühsamer dahin als das vorhergehende. Agathas gepeinigtem Gewissen erschien es, als würde Buße von ihr für ihre schmutzige Sünde eingetrieben. Für sie war es natürlich, daß ein Leben in Schmerz und Gram die Folge von einer fünf Tage währenden Verrücktheit sein sollte. Der Wert feiner Näharbeiten sank; private Kunden blieben aus – die ökonomischen Folgen von sinkenden Geburts- und Hochzeitsraten ließen Agatha nicht verschont. Die Nachfrage nach Babyausstattungen oder Hochzeitskleidern war einfach nicht mehr so groß, und Schlichtheit kam in Mode und wurde auch von den bei ihr in Auftrag gegebenen Gewändern verlangt. Die Geschäfte, die anfangs ihre Arbeit aufgekauft hatten, hatten sich vergrößert und zusammengschlossen, und sie wurde langsam aber sicher aus dem Geschäft verdrängt. Im ersten Jahrzehnt des 20. Jahrhunderts wurde der Wettbewerb heftiger, das Geld knapper, als es in den neunziger Jahren war. Agathas Gewinn wurde kleiner, und es kamen jetzt häufiger Wochen, in denen sie ihre Ersparnisse angreifen mußte, um Mrs. Rodgers' wöchentliche Rechnungen zu begleichen. Sie fand immer weniger Arbeit, und die Bezahlung für das wenige wurde immer geringer.

Aber das war nicht alles. Körperlicher Schmerz, die letzte Forderung einer unnachgiebigen Gottheit als Bezahlung ihrer Sünde, trat in ihr Leben. Manchmal war er leicht, und Agatha konnte ihn beinahe unbemerkt beiseitewischen. Aber dann war er wieder schärfer, heftiger, drastischer. Es war kein gerechter Schmerz. Er überkam sie nicht, wenn sie ihn erwartete und sich gegen ihn wappnete. Wenn sie von ihrem Stuhl aufstand und sich für ihn bereit hielt, kam er nicht, aber in dem Augenblick, in dem sie sich entspannte und mit ihrer Arbeit fortfahren wollte, überfiel er sie und zerriß sie fast. Es war ein grausamer, fürchterlicher Schmerz.

Er war zuerst aufgetreten, als Albert elf war und zu einem stämmigen, sommersprossigen Jungen mit dem gleichen störrischen Haar wie sein Vater herangewachsen war. Er hatte mehr geleistet, als seine Lehrer erwartet hatten, und ein Stipendium für die Mittelschule errungen. Agathas genaue Überwachung seiner Studien trug also erste Früchte. Sie war darob voll mütterlichen Stolzes, auch wenn sie sich erst mit der Tatsache befreunden mußte, daß er nur ein gewöhnlicher kleiner Junge war – wie wohl einst sein Vater auch. Agatha, mit ihrer wachsenden Besessenheit von Sünde, bemühte sich sehr, nicht an Alberts Vater zu denken, aber Albert erinnerte sie mit jeder seiner Bewegungen an ihn und rief reuevolle Sehnsucht nach etwas Unbekanntem in ihr hervor – allerdings sicher nicht nach weiterem Kontakt mit dem Korvettenkapitän, wenn sie auch seinem schrittweisen Aufstieg in der Marinerangordnung folgte, ängstlich die Berichte der alliierten Expedition im Jahre 1900 in China (bei der Fregattenkapitän Saville-Samarez einen Teil der Marine-Brigade geleitet hatte) gelesen und sogar gebetet hatte, daß er nicht zu seinem Nachteil in die große Fisher-Beresford-Auseinandersetzung verwickelt sein möge, die die Armee damals zu spalten drohte.

Agatha war bezüglich aller Angelegenheiten der Marine immer noch auf dem laufenden. Sie folgte allen Drehungen und Wendungen in der Kontroverse zwischen Lord Charles und Sir John; sie befürwortete den neuen Gang der Entwicklungen, so daß die Details der Dreadnought, als sie veröffentlicht wurden, sie nicht überraschten; sie verstand sehr wohl die Bedeutung von Fishers neuer Politik in der Admiralität, nach der viele Schiffe ausrangiert und die Marine in heimische Gewässer zurückbeordert wurden, bis neun von zehn Kanonen auf Deutschland gerichtet waren.

Aber das war natürlich, bevor die Schmerzen in ihr Leben traten. Die Schmerzen und die drückende Notwendigkeit, immer mehr Arbeit zu suchen, begannen, sie von ihrem Lebenswerk abzulenken. Sie versuchte, die Schmerzen so philosophisch hinzunehmen, wie sie alle anderen Schicksalsschläge hingenommen hatte. Schmerzen waren alles, was eine Frau erwarten konnte, vor allem eine Frau, die so schwer und reuelos gesündigt hatte wie sie. Schmerzen waren etwas Natürliches für eine Frau ihres Alters. Schmerzen – die zermürbenden, zerfleischenden Krämpfe ließen Schweiß über ihr verhärmtes Gesicht laufen, ließen sie keuchen und würgen, während sie noch versuchte, es sich zu erklären. Ihre glatten, gelassenen Gesichtszüge verschwanden. Ihre Wangen fielen ein, und ihre Lippen wurden dünner und härter. Falten tauchten zwischen ihren Augenbrauen auf – eine Folge der ständigen Verzerrung ihres Gesichts während der qualvollen Schmerzausbrüche.

Der junge Albert, angefüllt mit all den aufregenden und interessanten Neuigkeiten einer neuen Schule, noch dazu einer Mittelschule, bemerkte natürlich nicht die langsame Veränderung seiner Mutter – und das war nicht weiter verwunderlich, da sie ihm beim Heimkommen immer ein Lächeln zuwarf und mit noch leidenschaftlicherer Inbrunst als zuvor ihm die hohe Tradition der Pflicht und die Größe Englands auf den Weltmeeren einprägte und damit seine beschränkte Vorstellungskraft zu solchen Höhen emporriß, wie man es von einer solchen Kombination aus Ernstem und Selbstverständlichem nicht für möglich gehalten hätte. Er bemerkte nicht einmal die ersten unerklärbaren Anfälle von plötzlicher Geistesabwesenheit, bei denen sich die Finger seiner Mutter krampfartig um die Armlehnen des Sessels schlossen.

Aber schließlich kam der Tag, an dem nicht einmal Agatha mehr die Qualen ertragen und sie als natürlich für eine dreiundvierzigjährige Frau erklären konnte. Zum zweiten Mal in ihrem Leben lieferte sie ihren Körper Dr. Walters' besorgter Untersuchung aus, und zum zweiten Mal hörte sie sein Urteil. Dieses war ein anderes Urteil, und es klang traurig und nicht jovial bedauernd und nicht hoffnungsvoll. Aber schon als er noch sprach, erkannte Agatha, daß er ihr nichts Neues mitteilte – er faßte nur in Worte, was sie anzuerkennen sich geweigert hatte. Doktor Walters' Herz war voller Mitleid, wie nur das Herz eines Menschen sein kann, von dem Mitleid täglich gefordert wird, während er ihr berichtete, was er gefunden hatte, von der notwendigen Operation sprach und dabei bemüht war, jeden Ton in seiner Stimme zu vermeiden, der verraten hätte, was er von dem wußte, was nach der Operation kam – das Ende. Agatha blickte ihm ins Gesicht, während er sprach; sie war nicht eine Frau, die leicht erschrickt. Aber Doktor Walter vermied es, ihr in die Augen zu sehen. Ihm war beklommen ums Herz, während er innerlich über den verdammten leidenden Widerstand der Frauen tobte, die Handeln hinauszögern, bis es zum Handeln zu spät ist.

Und so fand Albert nach der Schule eine neue Welt zu Hause vor, eine Welt, in der Mrs. Rodgers für seine Mutter einspringen mußte, die verschwunden und durch ein zerrüttetes Wrack im Krankenhaus ersetzt worden war, ein Wrack, das leise stöhnte, und das mit trüben, leeren Augen auf ihn blickte. Er fuhr auf seine nüchterne Art, wie erwartet, in der Schule fort, aber jetzt verbrachte er seine Mittwoch- und Samstagnachmittage mit der Anfahrt zum Krankenhaus und mit wenigen flüchtigen, sorgenvollen Minuten auf einem Stuhl neben dem Bett seiner Mutter.

Sie starb schwer, starb tapfer, wie es sich für die Tochter eines Emporkömmlings gehörte. Sie raffte sich wieder zusammen, trotz der fürchterlichen Dinge, die sie ihr mit ihren Messern zufügten. Eine kurze Zeitlang glaubten die Oberärzte fast selbst daran, daß sie sich – unerwartet und beinahe unvorstellbar – wieder erholen würde. Eine kurze Zeitlang kam sie wieder zu Bewußtsein und war in der Lage, dem verschreckten kleinen Jungen an ihrem Bett zuzulächeln, mit ihm vernünftig über seine Arbeit zu reden – und über seine Zukunft. Seine Zukunft! Eines Nachmittags streckte sie plötzlich ihren Arm unter den Bettüchern hervor (ein fürchterlicher Arm; Schmerzen und Leiden hatten das weiche Fleisch von ihm genagt und ein dürres Bündel von Haut und Knochen hinterlassen) und zeigte damit auf ihn.

»Albert«, sagte sie, »Albert, du weißt das mit der Marine? Du weißt, daß du zur Marine gehen wirst?«

»Aber natürlich, Mutter«, sagte Albert. Das war seit Jahren zwischen ihnen abgemacht gewesen.

»Versprich es mir, Junge«, sagte Agatha. Ihre Augen waren riesig für ihr schmales Gesicht, und sie blickte ihn so durchdringend an, daß er erschrak.

»Natürlich gehe ich zur Marine, Mutter. Natürlich.«

Agathas Totenhand fiel herab, und zu Alberts Erleichterung wandte sie sich mit zufriedenem Gesicht zur Seite.

Aber bevor sie noch recht begonnen hatte, Kräfte zu sammeln, regte sich der elendige Krebs wieder, der in ihr gewütet hatte. Das Personal im Krankenhaus schüttelte bedeutungsschwer den Kopf, und als Albert das nächste Mal kam, fand er seine Mutter noch schwächlicher und entrückter vor. Sie erkannte ihn nicht. Die Lider fielen ihr schwer über die Augen, bis die winzige Linie der Pupille, die noch sichtbar war, unmenschlich, unnatürlich erschien. Sie war stumpf und in Träumen versunken. Das Opium hatte sie in seinem Griff; die Ärzte meinten es gut mit ihr. Sie würde den angenehmen Tod der Mohnblume sterben, nicht den der irrsinnigen Qual des Krebses. Bei jedem folgenden Besuch Alberts murmelte sie noch mehr, redete noch wirrer. Gegen Ende trat der Schmerz wieder ein. Das Opium begann, seine Macht zu verlieren, und erste Spuren der Agonie zeigten sich in ihrem Gesicht; ihr Gemurmel wurde von ein oder zwei kurzen Ausbrüchen des Erstaunens unterbrochen. Aber das Schicksal war ihr gnädig; Agatha beendete ihr Leben schwebend auf einer weiten, grauen Opiumwolke, während um sie herum die riesigen, stampfenden Silhouetten der Schlachtschiffe ihre Bahn zogen, schroffe Zitadellen des Ruhms und der Hoffnung Englands. Der Rauch ihrer Schornsteine umwob sie und verschleierte das bekümmerte, sommersprossige Gesicht des Kindes ihrer Sünde, und sie lächelte glücklich. Mrs. Rodgers weinte hysterisch an Alberts Schulter.

Denn Mrs. Rodgers hatte sich stellvertretend in Agathas Krankheit gesonnt. Es hatte den rechten pikanten Beigeschmack, der sie ansprach. Es war etwas, über das sie mit Stolz ihren Freundinnen berichten konnte, mit viel Flüstern und Getuschel über grausige und verzerrte Einzelheiten. Es war eine Krankheit, unter der nur Frauen leiden konnten, und deshalb eine unversiegbare Quelle immensen Interesses. Krankenhäuser und Operationen und Gebärmutterkrebs – das sicherte ihr ja auf Monate hinaus die Vorherrschaft bei allen Unterhaltungen. Natürlich war sie auch alleinverantwortlich für die notwendigen Begräbnisvorbereitungen, und das bedeutete die reine Freude für sie. Da Agatha hundert Pfund auf ihrem Bankkonto hatte, brauchte Mrs. Rodgers keinen

Pfennig zu sparen oder gar zu geizen. Agatha würde ein ihr als Dame würdiges Begräbnis haben. Sie konnte den besten Eichensarg bekommen und einen erstklassigen Leichenwagen und jede Menge Blumen – Mrs. Rodgers kaufte zwei oder drei Kränze von Agathas Geld, denn natürlich hatte Agatha nicht genügend Leute gekannt, als daß es zu einer Blumenschau ausgereicht hätte – und zwei Kutschen. Mrs. Rodgers konnte auch alle ihre Busenfreundinnen einladen und sich der Orgie der schwarzen Formalen hingeben, nach der ihre Seele so sehr dürstete. Albert mußte einen schwarzen Anzug haben und eine schwarze Krawatte und schwarze Handschuhe – Mrs. Rodgers hätte auf einem schwarzen Hemd bestanden, wenn es damals auch nur andeutungsweise in Mode gewesen wäre –, und Albert mußte als Hauptleidtragender mit Mrs. Rodgers und Mr. Dickens, dem Vikar, und zwei von Mrs. Rodgers besten Freundinnen in der ersten Kutsche sitzen. Und dann gab es jede Menge trauernder Statisten mit Zylindern und Gehröcken, die mit ernsten, würdevollen Mienen neben dem Leichenwagen einherschritten. Und als die ganze Angelegenheit vorbei war, gab es ein richtiges Festessen im Haus Nummer 37, mit kaltem Schinken und Zunge und Rinderbraten und Nachtisch und Port und Sherry und anschließend starkem Tee tassenweise und wunderbarer Unterhaltung rund ums Kaminfeuer mit einem halben Dutzend Frauen, die ihr bestes Festtagsbenehmen und schwarze Gewänder angelegt hatten. So recht einer der glücklichsten und befriedigendsten Tage in Mrs. Rodgers Leben. Albert durchwandelte das alles wie im Alptraum und konnte sich danach an kaum etwas erinnern.

9

Über den nächsten Abschnitt von Albert Browns Laufbahn gibt es nur wenig zu berichten. Da er erst (wie er bereits wußte) mit fünfzehneinviertel zur Marine gehen konnte, war er mit seinen vierzehneinhalb Jahren noch zu jung. Mrs. Rodgers umsorgte ihn, bis er, unsensibel wie er war, ihren Anblick nicht mehr ertragen konnte. Er verließ seine Schule mit kaum einer Spur des Bedauerns; schon früh waren ihm Agathas fatalistische Neigungen eingeprägt worden, und so konnte er bereits mit vierzehn Jahren das Unvermeidliche klaglos hinnehmen. Völlig ohne Selbstbetrachtung und ohne groß die Umstände, in denen er sich befand, zu bemerken, war er in den folgenden neun Monaten selten mehr als vage unglücklich.

Er war klug genug, seinen festen Entschluß, so bald wie möglich zur Marine zu gehen, zu verschweigen – er war allgemein sehr schweigsam –, und die Schule war wohlwollend genug, ihm eine Stelle als Bürobote in einer Firma in der City zu besorgen. Der einzige Teil seines Lebens, den er wirklich haßte, war die Melone, die er der Tradition gemäß zu tragen verpflichtet war. Sogar Albert konnte die Unangemessenheit einer Melonde auf dem Kopf eines Vierzehnjährigen erkennen. Erst später wurde ihm bewußt, wie sehr er alles verabscheute, was mit dem Leben eines Büroboten in Verbindung stand. Er verließ jeden Morgen um zehn vor acht sein Zuhause (er nannte Mrs. Rodgers' Haus immer noch »Zuhause«) und kam jeden Abend um halb sieben zurück. Er fuhr mit der Straßenbahn von Camberwell Green nach Blackfriars und von Blackfriars nach Camberwell Green. Er fegte das Büro, er füllte Tintenfässer auf, er machte Botengänge (und lernte dabei mühselig, sich in London zurechtzufinden), er brachte Tassen mit Tee aus der Teestube nebenan ins Büro (es war noch nicht die Zeit des büroeigenen Tees), er kopierte Briefe, er wurde am Rande in die Anfänge der Buchhaltung eingeführt, er erfuhr die unglaubliche Langeweile und die gelegentlichen hektischen Arbeitsstöße, die jeder in einem Büro erfährt. Und da er über mittelmäßigen Fleiß verfügte, und Ehrlichkeit Teil seiner Geistesverfassung war, und da er eine Gehirnkapazität von gutem Durchschnitt besaß, warfen die Mächtigen ein freundliches Auge auf ihn, und nach sechs Monaten wurde sein Lohn von fünf Schillinge auf sieben Schillinge und sechs Pence erhöht. Diese offizielle Anerkennung erfüllte ihn nicht mit einem Gefühl von Stolz oder Freude; das Büroleben war lediglich eine Wartezeit, bevor er den großen Schritt zu seinem Ziel machte, das er nicht nur ersehnte, sondern auch für notwendig und unvermeidlich hielt. Und schließlich kam die Zeit, diesen Schritt zu tun.

Als Albert Brown fünfzehneinviertel weniger eine Woche alt war, ging er zum Bürovorsteher und reichte, mit der vom Gesetz geforderten einwöchigen Frist, seine Kündigung ein. Der Bürovorsteher blickte Albert von oben bis unten an und pfiff erstaunt. Er erinnerte sich an die schmerzlichen Erfahrungen mit anderen Büroboten, Alberts Vorgängern, die allesamt träge und unpünktlich und unehrlich waren und generell eine unerträgliche Plage darstellten. Er dachte mit Unbehagen an eine Wiederholung dieser Erfahrungen und an die lästige Beschwerlichkeit, einen neuen Jungen einzuarbeiten. Dann fiel ihm ein, daß die Inventur, die vierteljährliche Umwälzung, bevorstand, und daß Alberts Abwesenheit wirklich sehr ungelegen kommen würde.

»Warum zum Teufel willst du denn gehen?« herrschte er ihn an. »Oder spielst du dich nur auf, um noch mehr Geld zu bekommen?«

»Ich will nicht mehr Geld«, sagte Albert. »Ich möchte nur meine Kündigung einreichen.«

»Hast du eine andere Stelle gefunden, oder was?« sagte der Bürovorsteher.

»Nein«, sagte Albert.

»Du bist wirklich verrückt«, entschied der Bürovorsteher. »Du kommst hier doch gut voran. In sechs Monaten – oder auch schon morgen, kannst du Bürogehilfe sein. Sieh mich an – ich war hier auch einmal Bürogehilfe. Warum zum Teufel willst du kündigen? Hast du etwas geerbt?«

»Nein«, sagte Albert.

»Also, was willst du denn dann machen?«

»Ich werde zur Marine gehen«, sagte Albert.

»Waaaas?« sagte der Bürovorsteher. Er war sich jetzt völlig sicher, daß Albert verrückt war.

Das gesamte Büro stimmte ihm zu. Nur Burschen, die ein Übermaß an Schauergeschichten verschlungen haben, denken daran, die ruhige Geborgenheit eines Büros gegen die Turbulenzen des Kriegsdienstes einzutauschen – sie träumen nur davon ohne es wirklich zu tun. Aber diesen Traum in die Wirklichkeit umzusetzen, eine sichere Stelle wegen einer läppischen Laune hinzuschmeißen – das war der schiere Wahnsinn. Der Juniorpartner selbst bemühte sich und stieg aus seiner olympischen Abgeschiedenheit herab, um die Angelegenheit mit diesem ungewöhnlichen Büroboten zu besprechen. Beinahe traten ihm Tränen in die Augen, als er Albert beschwor, seine Entscheidung zu überdenken. Schließlich brach er zusammen – zumindest so weit, daß er Albert noch eine halbe Krone auf sein fürstliches Gehalt versprach, wenn er nur bleiben und nicht seine Karriere auf diese Art ruinieren würde. Aber selbst diese ungeheure Herablassung und diese großartige Verlockung ließen Albert unbewegt. Er bemerkte sie kaum, obwohl der Sturm ungläubigen Erstaunens, den seine Ankündigung erhob (und der ihn ganz unerwartet traf, denn er hielt es für die vernünftigste Handlung, mit fünfzehneinviertel zur Marine zu gehen) ihn etwas verwirrte. Er beharrte auf seiner Kündigung. Schließlich gab der Junior-Partner nach. Er klopfte Albert auf die Schulter, schluckte schwer und äußerte einige aufgegriffene Platitüden über die Marine – »wünschte, mehr Leute hätten so ein großes Interesse an der Marine« – »sehr gesund und vernünftig für einen Jungen« – »Nelson« – »England erwartet« – »wünsche dir viel Glück, mein Junge«. Und schließlich, und für ihn äußerst ungewöhnlich, fingerte er drei halbe Kronen aus seiner Tasche, gab sie Albert als Lohn für die nächste Woche und sagte ihm, daß er jetzt gehen und eine Woche Urlaub haben könne, bevor er den entscheidenden Schritt mache. Für diese lächerliche Handlung wurde er (innerlich) vom Büro herzhaft verflucht, das er unbedachterweise botenlos gemacht hatte, und sie fand nicht einmal bei Albert dankbare Anerkennung, der es nicht als Freude betrachtete, eine Woche lang tatenlos herumzuhängen und dem weinerlichen Flehen Mrs. Rodgers' ausgesetzt zu sein, die den Eintritt in die Marine mit einem augenblicklichen Seemannsgrab gleichsetzte.

Die Marine-Behörde in Whitehall empfing Albert, als er sich vorstellte, mit offenen Armen. Dies war der Schlag, den sie in der Marine brauchten – eine Waise ohne jeden Verwandten, aber auch kein halbverhungerter Schwächling, sondern ein stämmiger, selbstbewußter junger Mann mit makellosem Körperbau. Und gebildet noch dazu; drei Jahre Mittelschule, neun Monate in einem Büro der City, und beste Zeugnisse von beiden. Schriftliche Bewerbungen hatten meist nicht viel zu tun mit den jungen Männern, die sich bei der Marine bewarben. Jungen aus gutem Hause dagegen, die sich zur Marine berufen fühlten und deshalb mit fünfzehn Jahren persönlich vorsprachen, waren entweder bestes Material oder beklagenswert schlechte Kandidaten, und Albert hatte alles Zeug zum Besten. Alberts Geburtsschein (Agatha hatte sich unwissenderweise vor fünfzehn Jahren einer Gefängnisstrafe ausgesetzt, als sie dem Standesbeamten gegenüber falsche Angaben machte) wurde gewissenhaft geprüft und angenommen. Er hatte keinen gesetzlichen Vormund (Albert wies empört Mrs. Rodgers Anspruch auf diese Bezeichnung zurück) und keine nächsten Angehörigen. Aber all das war nicht von großem Interesse; die Marine wußte natürlich weder (ebensowenig wie Albert), daß Albert Brown der einzige Sohn des Kapitän Richard E.S. Saville-Samarez, CB, MVO, war, noch daß er durch seine Großmutter väterlicherseits zwei Cousins zweiten Grades im Hochadel hatte.

Wie dem auch sei, nach sechs Monaten in Shotley Barracks war Albert ein Mann von Bedeutung. Er besaß, weiß Gott, keinen genialen Verstand, noch eine herausragende Persönlichkeit. Aber eine Mittelschulbildung, die bis zu den Anfängen der Trigonometrie und der Mechanik reichte, stellte in Shotley etwas Ungewöhnliches dar. Er war kein Heimkind, und schon gar nicht der verhungerte Sproß einer armen Familie. Die Heime, die einen Großteil der Neuzugänge lieferten, leisteten im großen und ganzen bewunderswürdige Arbeit. Sie kleideten und ernährten, sie unterrichteten sogar die Waisen, die ihnen zuliefen, recht passabel, aber ein Heim ist und bleibt ein Heim. Die Jungen, die von dort kamen, zeigten alle unvermeidbar Zeichen des Maschinenmäßigen. Unabhängigkeit in Wort und Tat, unbesorgte Übernahme von Verantwortung, spontanes Handeln – das alles waren Fremdwörter für einen Jungen, der sein ganzes Leben gegängelt unter ständiger Aufsicht und in engem Zusammensein mit Hunderten von Kameraden verbracht hatte. Albert im Gegensatz dazu besaß die natürliche Eigenständigkeit eines Einzelkindes. Er war an unabhängiges und einsames Handeln gewöhnt; selbst die verhaßten Monate im Büro hatten ihren Teil dazu beigetragen, seinen Horizont erweitert und ihn gelehrt, sich bei Begegnungen mit Fremden durchzusetzen. Sein Gedächtnis war gut, auch wenn sein Verstand nicht brillierte, und nur wenig des hart erworbenen Wissens, das er sich in der Schule angeeignet hatte, war in den Monaten des Bürolebens verblaßt. Die Anfangsgründe der Mathematik, die in Shotley gelehrt wurden, waren für ihn ein Kinderspiel, während sie für seine etwas beschränkten Kameraden einen Stolperstein darstellten. Der strikt praktische Unterricht in Seefahrt war für seinen logischen Verstand eine reine Freude, und seine Finger waren beim Arbeiten geschickt und dort, wo Kraft verlangt wurde, auch stark. Alberts Konkurrenten waren niemals die Heimkinder, sondern die Söhne von Seeleuten – Söhne von Maaten, die in die Fußstapfen des Vaters treten sollten, Söhne von Maschinenmaaten, Kinder aus Küstenorten, kurz also junge Männer, denen seemännische Tradition eingepflanzt worden war und die in der praktischen Seemannskunst Albert so überlegen waren wie er ihnen in theoretischen Dingen. Aber für die meisten dieser Jungen stellten die Vorschriften und Befehle ein großes Hindernis dar, Schuld daran war ihre überschäumende Lebenslust und ihre unabhängige Intoleranz gegenüber jeglicher Anordnung.

Für sie gab es den Stock, Nachsitzen und das furchtbare Wüten des leitendes Offiziers. Den braven jungen Albert, für den Disziplin nur Mittel zum Zweck war, traf keine dieser fürchterlichen Strafen. Seine Zeugnisse blieben von den häßlichen schwarzen Eintragungen verschont. Alberts Laufbahn bewegte sich stetig und unaufhaltsam nach oben, hindurch durch Schießunterricht und Schwimmen, durch elementares Geschützwesen, Seemannskunst und Drill, vom Unterricht in der unteren Klasse zum Unterricht in der höheren, von Shotley Barracks zum Königlichen Schulschiff »Ganges«, bis er selbst den Unterricht der höheren Klasse hinter sich ließ und richtiger Leichtmatrose auf dem neu in Dienst gestellten Kreuzer dritter Klasse »Charybdis« wurde, der gegen Ende des Jahres 1912 von Portsmouth auslief, um die alte Tradition (jetzt schmählich durch neue strategische Erwägung beeinträchtigt) fortzusetzen, nämlich die Flagge in östlichen Gewässern zu zeigen und notwendige Ordnungsaufgaben vor den dortigen recht unordentlichen Küsten zu übernehmen.

Albert Brown besaß, und das muß wiederholt werden, keinen phantasievollen oder romantischen Charakter. Es ist zweifelhaft, ob irgendeiner der üblichen Gedanken ihn bewegte, als England aus seinem Blickfeld verschwand, oder ob ihn irgendein Gefühl überkam. Vermutlich war er leicht über das überfüllte Unterdeck verärgert, denn die »Charybdis« hatte auch noch Truppen für andere Schiffe in östlichen Gewässern an Bord. Wahrscheinlich gingen ihm vage Vorstellungen von Beförderungen durch den Kopf; aber sein letzter Blick auf England (der letzte seines kurzen Lebens, wie sich später herausstellte) bedeutete ihm nicht viel. Seine tiefe Liebe für sein Vaterland, sein freudiger Stolz auf dessen Seemacht, sein Hochgefühl angesichts der Vergangenheit und seine Hoffnung für die Zukunft Englands waren sehr real und auch sehr tief; sie waren ein lebendiger und wesentlicher Teil seiner Person. Aber sie wurden nicht geäußert. Brown hatte in dieser Hinsicht keinerlei Verwendung für Worte, und die Gefühle waren zu tief, um irgendwelche Störungen an der Oberfläche oder leichte Regungen zu erzeugen. Brown ging entschlossen seiner Pflicht nach, während der unnachgiebige Schub der Schiffsschraube ihn von dem Land entfernte, für das er bereit war, sein Leben zu opfern.

10

Der Kriegsausbruch überraschte die »Charybdis« in Singapur. Freudig erregtes Gemurmel lief durchs Unterdeck; sogar in den Überlegungen der Marine hatte sich die Meinung durchgesetzt, daß Deutschlands immense Anstrengungen zur See nur auf einen Krieg zwischen England und Deutschland hinauslaufen konnten, und seit Jahren bereits hatte der englische Matrose die jahrhundertealte Fehde mit Frankreich vergessen und mit freudiger Erwartung dem Knall in der Nordsee entgegengesehen. Deswegen hatte man auf Weisung der obersten Leitung Stück für Stück Flotteneinheiten vom Mittelmeer und vom Pazifik abgezogen, so daß genau zu der Zeit, als die englische Seemacht stärker war als je zuvor, die englische Präsenz in östlichen Gewässern sehr zu wünschen übrig ließ. Und in jener Sommernacht, als die erste Flotte, endlich mobilisiert, ihrem düsteren Kriegseinsatz in Scapa Flow entgegeneilte, wurden die »Vorbereitungen« drahtlos und über Kabel zu den wenigen verstreuten Einheiten gefunkt, die unter der Flagge der Kriegsmarine im Pazifik kreuzten.

Zweifellos gab es dort einigen Grund zur Aufregung. Vizeadmiral Graf Spee hatte sich mit seinem Kreuzerverband in der riesigen Weite des Ozeans verloren; er hatte sich schlau von Tsingtau verzogen, bevor die drohenden Kriegswolken zu düster wurden, und niemand wußte, wo er auftauchen oder zuschlagen würde. Seine Kreuzer »Gneisenau« und »Scharnhorst« waren mit den größten Geschützen der deutschen Flotte ausgerüstet, und was das bedeutete, war nur zu klar für all diejenigen, die Einblick in die Leistungen des deutschen Geschützwesens zur See gewonnen hatten. Er verfügte auch über leichte Kreuzer; ob seit seiner Abfahrt von Tsingtau noch andere Einheiten zu ihm gestoßen waren, war nicht sicher – Fregattenkapitän von Müller mit der »Emden« und von Lutz mit der »Ziethen« konnten sich ihm nach Belieben anschließen –, auf jeden Fall gebot Graf Spee über ein schnelles, bewegliches und schlagkräftiges Geschwader, und jede englische

Flotte hätte, ohne feige zu sein, versucht, es zu meiden. Niemand wußte, wo er auftauchen würde; er konnte beim südamerikanischen Nitrathandel zuschlagen, bei der indischen Schifferei, an der südafrikanischen Küste, wo aufständische Buren und deutsche Truppen ihn begrüßen würden; und auf hoher See waren Konvois, die australische Truppen, neuseeländische Truppen, indische Truppen, englische Truppen transportierten. Wenn einer dieser Konvois ohne Begleitung fuhr, konnte er ihm begegnen und einen oder zwei der fürchterlichsten Schläge des Krieges führen. An jedem Gefahrenpunkt mußte ein Geschwader gegen ihn gerüstet sein, das seiner Stärke überlegen war, und England litt, wie immer bei Kriegsausbruch, an einem Mangel an Kreuzern. Die Seemacht Englands hatte ihre Überlegenheit eindeutig bestätigt – die deutsche Handelsflagge war seit Kriegsausbruch von den Meeren verschwunden, und die deutschen Schlachtschiffe hatten sich in grimmiger Ohnmacht hinter ihre schützenden Minenfelder zurückgezogen –, aber hier im Pazifik gab es diesen einen Rebellen, der, aussichtslos und verzweifelt, dennoch ein oder zwei schwere Schläge austeilen konnte, bevor ihn sein Schicksal ereilte.

Denn daß ihn sein Schicksal schließlich ereilen würde, daran bestand kein Zweifel. Mit der japanischen Kriegserklärung und der Belagerung von Tsingtau stand ihm kein Hafen mehr offen. Kohlen konnte er nur unter Schwierigkeiten über deutsche Agenten erhalten, die sich vor dem Krieg an verschiedenen Orten niedergelassen hatten. Die zahllosen Ersatzteile, die er benötigte, würden nicht erhältlich sein, die vielfältigen kleinen Defekte nicht repariert werden können. Die Schiffsrümpfe würden verrotten, und ihm stünde kein Trockendock offen. Über kurz oder lang, ob er nun einem Feind begegnet oder nicht, würde er das Spiel aufgeben und in einem neutralen Hafen um Internierung ersuchen müssen. Aber wenn er nicht aufgespürt und vernichtet wurde, konnte er immensen Materialschaden anrichten, und der Schaden, den das britische Prestige erlitt, wäre noch größer. Es war also nicht verwunderlich, daß der Äther mit Botschaften elektrisiert wurde, die kreuz und quer über den Ozean flogen und alle verstreuten pazifischen Einheiten der britischen Flotte dazu aufriefen, sich in kleinen Gruppen auf der Millionen Quadratkilometer großen Fläche, in der er sich verbarg, zu versammeln.

Die Leute im Unterdeck der »Charybdis« dachten nicht über

diese Aufgabe nach. Sie vertrauten freudig ihren Offizieren, die Graf Spee mit einer Übermacht konfrontieren würden; und wenn sie nicht in der Übermacht waren, so würden englische Kampfbereitschaft und englische Geschütze gegen alle Wahrscheinlichkeit ankämpfen und die Angelegenheit, genau wie bei Trafalgar oder am Nil, bis zum Ende durchstehen. Kein Mann an Bord der »Charybdis«, der nicht freudig und willig die Herausforderung angenommen hätte, mit dem veralteten Kreuzer gegen die »Scharnhorst« oder die »Gneisenau« mit ihren tödlichen 8-Zoll-Geschützen zu kämpfen. Sie fieberten dem Sieg entgegen; zu ihrer Ehrenrettung muß gesagt werden, daß sie ebenso willig um der Marine willen auch sehenden Auges in die sichere Niederlage gegangen wären. Sie sorgten sich nicht ob der furchtbaren Überlegenheit der 5,9-Geschütze über die veraltete Mark IV des Kalibers 4,7. Das erregte Gemurmel im Unterdeck war fröhlich und lebhaft, und die Tatsache, daß die Sprengköpfe in die Torpedos eingesetzt wurden, machte die verhaßte Anstrengung des eiligen Kohleschaufelns wieder wett.

Obermatrose Albert Brown (seit vierzehn Tagen war er jetzt Obermatrose, nachdem der ein knappes Jahr als Leichtmatrose und ein Jahr als Jungmann gedient hatte) besaß etwas genauere Kenntnisse von den Tatsachen und Wahrscheinlichkeiten. Er wußte nicht mehr als die anderen von der bevorstehenden Jagd auf Graf Spee, konnte aber die Schwierigkeiten besser einschätzen. Die »Charybdis« durfte kaum hoffen, irgendeines von der Mehrheit der Schiffe in Graf Spees Geschwader siegreich zu bekämpfen, und sie fuhr nicht mit genügend großer Geschwindigkeit, um einer Gefahr zu entkommen. Die »Scharnhorst oder die »Gneisenau«, die großen Panzerkreuzer, würden sie in kürzester Zeit in die Luft jagen. Die »Ziethen«, ein älterer und weniger schwer bewaffneter Kreuzer, würde kaum mehr Schwierigkeiten haben. Brown sah eine ernste Gefahr sogar in der Begegnung mit leichten Kreuzern wie der »Emden« oder der »Dresden« mit ihren kleineren, aber moderneren und gefährlicheren Geschützen. Aber Brown besaß die bessere Art von Mut; er konnte Gefahr voraussehen, ohne davor zurückzuschrecken – nicht einmal innerlich. Wenn ihn der Tod ereilen sollte, gut, dann starb er, und das war das Ende. Wenn nicht – Krieg und der Ausbau der Flotte bedeuteten Beförderung. Er war jetzt, obgleich kaum zwanzig, Obermatrose. Das Offizierspatent, an das er kaum zu denken wagte, schien endlich eine vage Möglichkeit und keine unvorstellbare Hoffnung zu sein. Brown wußte, daß die erste Stufe auf der Karriereleiter immer die schwierigste war.

Eilig verließ die »Charybdis« Singapur und steuerte, den knisternden Funksprüchen gehorchend, nach Osten, in die weite Öde des Pazifiks. Dies war ganz zu Anfang des Krieges, bevor Japan sich gegen Deutschland gewendet, seine Armee nach Kiaotschou entsendet und seine Flotte in weitem Bogen südöstlich hinter Graf Spee geschickt hatte. Die »Charybdis« nahm ihren Kurs quer durch das Südchinesische Meer; sie bahnte sich ihren Weg durch die Karolinen, erforschte diese verstreute Gruppe flacher, wüster Inseln, und von den Karolinen fuhr sie durch gefahrvolle Gewässer zu den Marshall-Inseln. Auf der anderen Hälfte der Weltkugel wartete die Admiralität ängstlich auf ihre Meldungen, denn die Karolinen und die Marshall-Inseln waren in deutschem Besitz, und dort, wenn überhaupt, sollte Graf Spee zu finden sein. Aber tausend Meilen auf dem Meer lassen sehr viel Raum, in dem sich ein kleines Geschwader verlieren kann, und die »Charybdis« verfehlte den Kontakt mit Graf Spee um nur vierundzwanzig Stunden. Die negativen Meldungen der »Charybdis«, rund um die ganze Welt gefunkt, verwirrten den Marinestab noch mehr. Man hatte keine Ahnung, wo Graf Spee sich sonst noch versteckt haben sollte. Die australische Flotte stand als Wachposten im Süden; die japanische Flotte fegte vom Norden herunter; allmählich bildete sich eine Ansammlung um die Falkland-Inseln. Eine lose Verbindung formte sich gegen Graf Spee, aber es blieb ihm genug Platz, wenn er durch das Netz schlüpfen wollte. Sehr bald tauchten Berichte auf, daß von Müller mit der »Emden« tatsächlich durchgeschlüpft war; sie befand sich irgendwo im Indischen Ozean, kaperte, plünderte und versenkte die reich beladenen Handelsschiffe. Sie hatte sich heimlich in die Gegend von Madras gestohlen und die unersetzbaren Öltanks vernichtet. Aber ihre Bewegung gaben keinerlei Hinweis auf den Verbleib von Spees, denn er hatte sich offensichtlich von ihr getrennt und steuerte jetzt in eine neue Richtung – vielleicht quer durch den Pazifik. Kontakt mit ihm mußte hergestellt werden. Vielleicht würde er sogar den Panama-Kanal passieren und in Westindien auftauchen und dann quer über den Atlantik verzweifelt versuchen, die Heimat zu erreichen. Die drahtlosen Befehle trieben die »Charybdis« noch weiter über den Pazifik, wieder südlich, zur Front, zu einem geheimen Kohle-Stützpunkt und weiter Richtung Panama, wobei man mit angespannten Nerven jeden Augenblick die Meldung des Aussichtspostens erwartete, daß Graf Spee gesichtet worden war – ein Signal, um die Funkübermittlung knisternd in Gang zu setzen, und der ganzen Welt seinen Standort bekannt zu geben, während der Steuermann das Schiff zur verzweifelten Flucht vor den tödlichen 8-Zoll-Geschützen wendete.

Reiner Zufall – der Zufall, der Graf Spee der »Charybdis« bei den Marshall-Inseln entkommen ließ, und der ihn bei den Falkland-Inseln in seinen Tod schickte – bestimmte, daß hier, in den verlassensten Gewässern der Welt, Kreuzer auf Kreuzer treffen sollte. Graf Spee hatte, als er die südamerikanische Küste entlangzog, die »Ziethen« mit Kapitän von Lutz in austral-asiatische Gewässer abkommandiert. Die »Ziethen« mit ihrer großen Wasserverdrängung, ihren zehn 6-Zoll-Geschützen und ihrer dicken Panzerung konnte es mit jedem der leichten britischen Kreuzer aufnehmen; ihretwegen würde England seine schweren Kreuzer weit verstreuen müssen und sie würden zur Verteidigung fehlen, wenn er seinen geplanten Schlag gegen die Falkland-Inseln führte. Da die »Ziethen« keine Einheit seines Geschwaders war, konnte er sie leicht entbehren. So wurde die »Ziethen« abkommandiert, und tausend Meilen vom Land entfernt traf sie auf die »Charybdis«.

Die »Charybdis« sah eine Rauchschwade am Horizont. Die »Charybdis steuerte darauf zu. Bald konnten die drei hohen Schornsteine der »Ziethen« ausgemacht werden. Der Kapitän der »Charybdis« blickte erwartungsvoll durch sein Fernglas. Er ließ alle ihm bekannten Schiffs-Silhouetten vor seinem Gedächtnis Revue passieren, um das Schiff zu bestimmen.

»Das ist die Ziethen«, sagte Captain Holt. »Und wo sind die anderen?«

Einige Minuten lang hielten sich beide Schiffe auf einem leicht divergierenden Kurs – jeder wollte mit Sicherheit feststellen, ob der andere von weiteren Schiffen begleitet wurde. Aber keine anderen Rauchschwaden zeigten sich am Horizont. Sie waren allein in einer riesigen Einöde von Wasser.

»Angreifen oder fliehen?« sagte der Kapitän zu sich selbst, und kannte bereits beim Sprechen die Antwort.

Fliehen? Er durfte nicht fliehen. Es war seine Pflicht, die »Ziethen« zu beschatten, wenn er sie nicht angreifen konnte, seine

Pflicht, sie unter Einsatz seiner um einen halben Knoten größeren Geschwindigkeit zu beobachten, bis jemand auftauchte, der sie angreifen konnte. Aber ein Schiff von überlegener Stärke über zweitausend Meilen gefährlicher See bei so winzigem Vorteil beschatten? Die Chancen standen hundert zu eins, daß er sie verlieren würde – und damit seinen Ruf als Kapitän. Obermatrose Albert Brown, Richtkanonier des 4.7-Geschützes Nr. 2, dachte, an seiner Gefechtsstation liegend, in den gleichen Bahnen wie sein Kapitän. Er mußte also angreifen – alte 4.7 gegen neue 5.9, viertausend Tonnen gegen achttausend Tonnen. Das Glück konnte ihm zu Hilfe kommen; eine Seeschlacht ist stets auch eine Sache des Glücks. Wenn es schlimm kam, konnte er doch der »Ziethen« vielleicht noch schwere Schäden zufügen, bevor die »Charybdis« sank, und eine schwer beschädigte »Ziethen« war gleichbedeutend mit einer nutzlosen »Ziethen«, denn sie hatte keinen Ort, an dem sie Reparaturen vornehmen lassen könnte. »Klar zum Gefecht«, war schon lange ausgegeben worden, ebenso »Volldampf voraus«; die Schiffsschrauben schlugen in schnellerem Rhythmus, als beide Schiffe sich bemühten, volle Fahrt zu erreichen. Sie drehten sich abtastend umeinander, bevor sie zum Gefecht aufeinanderstürzten. Der Kapitän hob wieder das Fernglas an die Augen und sprach beiläufig, wie es sich für einen Engländer in einer schweren Krise schickte, zum Mann am Steuerrad. Das Rad drehte sich, die »Charybdis« legte sich zur Seite, drehte in voller Fahrt scharf bei. Der Kapitän holte das Beste unter den gegebenen Umständen heraus, verringerte den Abstand so schnell wie möglich, um zu vermeiden, daß er getroffen wurde, ohne zurückschlagen zu können. Und während die »Charybdis« noch wendete, sandte der Funker immer wieder die Meldung über das Zusammentreffen aus, gab Breitengrad und Längengrad an, versuchte die auf Lauer liegende britische Flotte über den Standort der »Ziethen« zu informieren. Und während er das tat, störte ihn der Funker der »Ziethen« mit aller Macht. Keine Meldung konnte hoffen, die verschlungene Wirrsal zu durchdringen, nicht über Tausende von Meilen hinweg, nicht im unfreundlichen Äther des Pazifiks.

Aber die »Ziethen« war auf das Manöver der »Charybdis« vorbereitet. Kapitän von Lutz war sich der Überlegenheit seiner 6-Zoll-Geschütze über die 4.7-Geschütze wohl bewußt. Auch er drehte das Ruder hart bei, und die »Ziethen« schwang herum, bis der Kurs der beiden Schiffe beinahe parallel lag, und, während die »Charybdis« immer weiter drehte, behielt er seine Wendung bei, daß es fast so schien, als wolle er davonlaufen. Sie waren ein hübscher Anblick, diese zwei großen Schiffe, die auf dem strahlend blauen Pazifik, unter blauem Himmel, von Frieden umgeben, sich umeinander drehten. Nur die dreckigen Schwaden der heftig rauchenden Schornsteine störte dieses stille Bild.

»Immer noch außer Reichweite, verdammt!« stöhnte der Kanonier-Leutnant der »Charybdis«, als er die eintönigen Wiederholungen des Geschützmeisters hörte.

Plötzlich erhob sich ein leichter Dunst um die »Ziethen«, und fast gleichzeitig schossen mehrere hohe Wassersäulen aus der Meeresoberfläche auf, keine zweihundert Meter vom Bug der »Charybdis« entfernt. Der Kanonier-Leutnant fuhr erstaunt zusammen. Eine so gute Schießpraxis hatte er nicht erwartet. Die »Charybdis« legte sich unter dem Druck des Ruders, um krampfhaft den Abstand zu verringern, wieder auf die Seite. Und wieder schossen hohe Wassersäulen auf, diesmal nur hundert Meter entfernt backbords; auf das Deck der »Charybdis« spritzte etwas Wasser. Der Geschützdonner der »Ziethen« erreichte sie erst gut fünf Sekunden später.

»Das war knapp, bei Gott!« sagte der Kanonier-Leutnant, und dann, in erstaunter Anerkennung eines würdigen Gegners, »Gut geschossen! Verdammt gut geschossen!«

Die »Charybdis« drehte scharf, um die deutschen Richtkanoniere zu verwirren, aber die nächste Salve schlug nahe der Breitseite ein und überflutete die Decks mit Wasser. Unten, unter dem Meeresspiegel, unter dem Schutzdeck, arbeiteten die Heizer wie verrückt, um den so hartnäckig geforderten Dampf zu liefern; aber auch die Heizer der »Ziethen« mühten sich ab, und das Ergebnis ihrer Anstrengungen zeigte sich in riesigen Rauchschwaden, die aus den Schornsteinen quollen. Der Sieg konnte sehr wohl jenem Schiff zufallen, das als erstes volle Geschwindigkeit erreichte; mit voller Fahrt konnte sich die »Charybdis« herandrängen oder konnte die »Ziethen« Abstand halten und ihren Feind weiter mit Salven eindecken, auf die keine Antwort möglich war. Nur einmal sah der Kanonier-Leutnant seine geliebten Geschütze in Aktion; nur einmal. Sie feuerten mit größtmöglicher Reichweite, die Rohre weit aufgerichtet, aber es war aussichtslos. Der Kanonier-Leutnant stöhnte bitter enttäuscht auf – umso enttäuschter, weil die Hoffnung so vage gewesen war –, als er zusehen mußte, wie die hohen Wassersäulen eine Viertelmeile diesseits des Feindes aufschossen. Aber die Seelennot des Kanonier-Leutnants fand mit seinem Stöhnen ein Ende, denn die nächste Salve der »Ziethen« fiel krachend aus dem blauen Himmel auf das Deck der »Charybdis«, fünf 6-Zoll-Granaten auf einmal. Sie zerfetzten den Kanonier-Leutnant in blutige, undefinierbare Teile, rissen den Richtmaat und seine Instrumente in Stücke; sie radierten die Mannschaft des Geschützes Nr. 4 aus; sie ließen die Aufbauten mit schwankenden Schornsteinen durchsiebt zurück; sie entfachten überall Feuersbrünste, so daß der befehlshabende Offizier und seine Lösch-Truppe, im Rauch keuchend, nur die Hälfte der vor ihnen liegenden Arbeit bewältigen konnten. Aber diese eine Salve war nicht alles. Mit kaum einer halben Minute Abstand folgte Salve auf Salve. Unbarmherzig regneten die Geschosse, berstend, zerreißend und zerstörend, auf das beklagenswerte Schiff hinunter. Die Kanoniere der »Ziethen« arbeiteten mit der disziplinierten Schnelligkeit jahrelangen Geschützdrills, stemmten die hundert Pfund schweren Granaten hoch, schoben sie mit geschulter Kraftanstrengung in die Kammern, zielten, feuerten, luden und nahmen sich dabei, dank ihrer strikten Disziplin, keinen Augenblick Zeit, um das von ihnen angerichtete Chaos zu besichtigen. Die »Charybdis« schlingerte unter den Einschlägen; Rauch quoll in immer größeren Wolken aus ihr hervor, aber ihr Wichtigstes, ihre Antriebskraft, war unter dem Schutzdeck, und noch konnte sie sich mit unverminderter Geschwindigkeit durchs Wasser wühlen. Der Kapitän lag, von einem Splitter aufgerissen, sterbend am Boden, und es war der erste Offizier der jetzt die Befehle gab. Männer lagen tot um die Geschütze, und die Stewards trugen viele Verwundete nach unten, wo der Schiffsarzt im Halbdunkeln arbeitete. Ersatz-Mannschaften bedienten die Geschütze, die auf hoffnungslose Entfernung feuerten und donnerten. Aber wilde Entschlossenheit, ein halber Knoten mehr Geschwindigkeit und ein leicht konvergierender Kurs taten das Ihre. Die hochauftürmenden Wassersäulen krochen näher an die Ziethen heran, und bald durchschnitt der schrille Freudenschrei eines Kanoniers das wahnsinnige Getöse und begrüßte den ersten Treffer der »Charybdis«. Jetzt lagen auch auf der deutschen »Ziethen« Tote.

Aber die »Charybdis« war ein sterbendes Schiff, auch wenn die

Kraft ihrer Schrauben sie noch wild durchs Wasser trieb. Ihre Flanke war aufgerissen; sie wäre in Flammen aufgegangen, hätten nicht die Granaten, die nahe der Breitseite einschlugen, gelegentlich einige Tonnen Wasser an Bord geworfen und einen Teil des Brandes gelöscht. Die gnadenlosen Granaten hatten die leichten Aufbauten durchschlagen und zerschmettert, bis an Deck mehr Tote als Lebende waren. Ihre Geschütze donnerten noch in unregelmäßigen Abständen durch den Rauch, die Flagge wehte noch hoch oben und forderte das schwarze Kreuz auf weißem Grund, das die »Ziethen« stolz zur Schau trug, heraus. Wenn die älteste Marine auf die jüngste Marine trifft, gibt es keine Kapitulation; unmenschlicher Sieg oder unmenschlicher Tod sind die einzigen Möglichkeiten, die den eisernen Männern in ihrem eisernen Schiff offenstehen. Die Geschütze der »Charybdis« hallten schwach, und jede einzelne ihrer Granaten wurde mit einer Salve, fünf Granaten auf einmal, beantwortet, gesteuert durch eine unbeschädigte Feuerleitzentrale, die die Entfernung metergenau bemessen konnte. Gerade als die »Charybdis« ihren letzten Schlag austeilte, hing der Tod schon in der Luft. Sie wurde schwer auf ihrer beschädigten Seite getroffen; ein Geschoß erreichte das Steuerbordmagazin und detonierte dort, so daß das Schiff von einer krachenden Explosion in zwei Hälften gesprengt wurde. Die hungrige See stürzte krachend herein; die Heizer, Maschinisten und Ingenieure, die nicht von der Explosion getötet wurden, starben schließlich elendig, vom Wasser unter Deck gefangen. Selbst als die Kessel explodierten, selbst als das Schiff sich wild unter der Oberfläche aufbäumte, feuerte die »Ziethen« eine letzte Salve in das tobende Chaos. Innerhalb dreißig Sekunden war die »Charybdis« vom Lebenden zum Toten geworden, von einem Kriegsschiff zu einem verschlungenen Eisenlabyrinth, das durch die sonnendurchfluteten oberen Wasserschichten des Pazifiks in die eisige Dunkelheit der unergründeten Tiefen sank. Darüber kreisten einige Minuten lang wilde Strudel, tausende von Blasen kochten an der Oberfläche; ein schmutziger Film von Öl und Kohlestaub zerstörte die azurfarbene Schönheit des Pazifiks, und in der Mitte schwamm ein kleiner Haufen Trümmer, menschliche und nichtmenschliche, lebendige und tote – fast alle waren tot.

11

Browns Taten in diesem Gefecht zwischen der »Charybdis« und der »Ziethen« spielten für diese Geschichte keine Rolle. Er war nur Teil des Ganzen, und Anerkennung für sein Handeln gebührt nicht ihm, sondern der Marine, dieser mächtigen Institution, die ihn unterrichtet und diszipliniert hatte. Wenn er in den letzten kurzen, verzweifelten Momenten sein Geschütz ohne Weisung bediente, so nur deshalb, weil das Bedienen eines 4,7-Geschützes unter allen Umständen ihm zur zweiten Natur geworden war. Anerkennung gebührt allein den schnauzbärtigen Admiralen einer früheren Epoche, die die Vorschriften zum Geschützdrill verfaßt hatten. Brown war ein tapferer Mann, und er wich nicht von seinem Posten, aber viele andere – weniger tapfere Männer – hätten ebenso gehandelt, wenn sie Teile des gleichen Ganzen gewesen wären. Es war die Marine der unübertroffenen Vergangenheit, die Ruhm aus einer Niederlage wie der diesen – ein unbedeutendes Teil ihres Ganzen – zog, wie die Marine auch die Schuld daran tragen mußte, falls es eine Schuld gab. Und das ist in Ordnung; aber gleichzeitig folgt daraus, daß aller Ruhm und alle Ehre allein Brown gebührt für das, was er auf der Insel Resolution tat, und Brown, das Individuum, ist zu ehren für die schließliche Vernichtung der »Ziethen«. Denn auf Resolution handelte er ohne Befehle, aus seinem eigenen begierigen Antrieb heraus, unter Bedingungen, in denen ihm weder Disziplin noch Ausbildung helfen konnten.

Das jedoch lag noch alles in der Zukunft, und niemand in der deutschen Bootsmannschaft wußte, als sie ihn zwischen den zerstreuten Trümmern auffischten, daß sie bald durch die Tat dieses zitternden Menschenbündels ihren eigenen Tod finden würden. Die Mannschaft suchte sehr gründlich, ruderte kreuz und quer durch das ölverschmutzte Wasser, aber fand nur wenig. Sie fanden zwei Tote – einer war so zerschmettert, daß er kaum wie ein Mensch aussah –, zwei oder drei Verletzte und einen halb Bewußtlosen; einen stämmigen jungen Mann mittlerer Größe mit vielen Sommersprossen, harten grauen Augen und hellbraunem Haar, was sich vermutlich widerspenstig kräuselte, soweit sein militärisch kurzer Haarschnitt dies zuließ. Er war arg mitgenommen; er war durch die Explosion des Magazins von Deck ins Wasser gefegt worden und hatte sich fast unbewußt an einer verirrten zusammengerollten Hängematte festgehalten, die das Schicksal beim Untergang der »Charybdis« neben ihm aus den Fluten auftauchen ließ. Er lag regungslos am Boden des Bootes, das zur »Ziethen« zurückruderte; nur mit Hilfe anderer gelangte er an Deck.

Das einzige, wonach er zu diesem Zeitpunkt verlangte, war, sich von seiner Schwäche übermannen zu lassen, auf Deck zu fallen und tief zu schlafen, aber die Forderungen des Krieges gönnten ihm diesen Luxus nicht. Er war der einzige der drei Überlebenden der »Charybdis«, der – wenn auch nur halb – bei Bewußtsein war, und Kapitän von Lutz, dem die Verantwortung für die »Ziethen« mit ihren hunderten von Männern schwer auf den Schultern lastete, mußte augenblicklich wissen, wie die »Charybdis« an diesen Ort gekommen war, an dem sie war, ob Begleitschiffe in der Nähe waren, die ihre Funksprüche aufgefangen haben könnten, ob die Begegnung beabsichtigt oder zufällig gewesen war – kurz also alles, was ihm erlaubte, die Stunde seines Sieges auszukosten. Brown wurde nicht unfreundlich behandelt; sie trockneten ihn ab, gaben ihm Alkohol und wickelten ihn in ein bequemes wollenes Nachthemd. Sie gestattetem ihm, in der Apotheke neben dem Lazarett auf einem Stuhl zu sitzen, während er verhört wurde.

Brown, auf seinen Stuhl gekauert, blickte seine Vernehmer mit verwunderten Augen an. Den bärtigen Offizier mit den vier Goldlitzen erkannte er ohne Schwierigkeiten als Kapitän der »Ziethen«. Der junge Offizier daneben war ein Leutnant, der Mann in Hemdsärmeln war der Schiffsarzt (der blutige Arbeit an dem halben Dutzend Verwundeten, die die Granaten der »Charybdis« hinterlassen hatten, verrichtet hatte), und der Matrose im Hintergrund war ein Krankenpfleger.

Hart und begierig klangen die Fragen des Kapitäns, in einem kehligen, tonlosen Englisch hervorgebracht; gelegentlich drehte sich der Kapitän um und sprach hastig auf deutsch mit dem Leutnant, der daraufhin Brown in einem reineren, vollkommen akzentfreien Englisch ansprach. Brown antwortete zögernd, seine Augen fielen ihm vor Erschöpfung fast zu. Er berichtete von der langsamen Fahrt der »Charybdis« durch die Karolinen und die Marshall-Inseln und von ihrem stetigen östlichen Kurs quer über den Pazifik. Nein, er wußte nichts von anderen englischen Schiffen in der Nähe. Er hatte nichts von einer Zusammenziehung gegen das deutsche Geschwader gehört. Es war an diesem Punkt, als der Kapitän auf den Leutnant zurückgriff und ihn übersetzen ließ, woraufhin der Leutnant mit leidenschaftsloser Stimme Brown davon in Kenntnis setzte, daß ein Gefangener mit falschen Aussagen sich der Spionage schuldig machte und deshalb erschossen werden könne und in diesem Fall zweifellos auch erschossen würde.

»Ja«, sagte Brown.

»Hatte die »Charybdis« damit gerechnet, auf die »Ziethen« zu stoßen?«

»Ich weiß es nicht«, sagte Brown.

»Was waren zum Zeitpunkt des Zusammentreffens ihr Kurs und ihr Bestimmungsziel?«

»Ich weiß es nicht«, sagte Brown.

Nun, ob er während seiner Zeit an Bord anständig behandelt werden wolle?

»Ja«, sagte Brown.

Dann solle er ihre Fragen vernünftig beantworten. Was war das Ziel der »Charybdis«?

»Ich weiß es nicht«, sagte Brown, und an diesem Punkt trat der Schiffsarzt dazwischen, und Kapitän von Lutz ließ widerstrebend von ihm ab. Brown hatte die Wahrheit gesprochen, als er sagte, er wisse es nicht; aber er hatte trotzdem eine vage Vorstellung, und hätte er seine Vorstellung Kapitän von Lutz mitgeteilt, so hätte er den Offizier einer großen Sorge enthoben. Aber das war nicht Browns Sache – ganz im Gegenteil. Kapitän von Lutz' zeitlich schlecht eingesetzte Drohung hatte ihn in genau dem Moment an diese Tatsache erinnert, als er in seinem verschwommenen Zustand dazu neigte, auf freundliches Befragen hin alles, was er wußte oder vermutete, preiszugeben.

Der Schiffsarzt sprach zum Krankenpfleger, der seinerseits einen Kollegen rief, und zusammen packten sie Brown in ein Lazarettbett, legten ihm eine Wärmflasche unter die Füße (durch den Schock war er unterkühlt und schwach) und ließen ihn in den tiefen Schlaf der Erschöpfung fallen, nach dem jede Faser seines Körpers zu verlangen schien. Und während Brown schlief, wendete die »Ziethen« und steuerte wieder zurück gen Osten.

Denn die »Charybdis« war nicht untergegangen, ohne zumindest etwas Zoll zu verlangen. Eines ihrer 4,7-Zoll-Geschosse hatte die »Ziethen« gerade einen Fuß breit über der Wasserlinie und knapp einen Meter vor dem Panzerschutz getroffen. Dort war die Granate explodiert und hatte ein riesiges Loch gerissen, durch das die See jetzt in solchen Fluten hereinströmte, daß die Pumpen schwere Arbeit verrichten mußten, damit das Wasser nicht überhandnahm. Nach dem Gefecht hatte eine schwitzende Arbeitstruppe einen provisorischen Schutz über dem Loch angebracht, während im Inneren die Heizer den Kohlenbunker, in den es sich öffnete, ausräumten, denn die Kohle behinderte die Arbeit der Pumpen. Als der Schaden genauer untersucht wurde, erwies er sich als sehr schwer – nirgendwo sonst entlang der Breitseite des Schiffes hätte eine Granate jenes Kalibers einen verheerenderen Schaden anrichten können. Die vordere Panzerplatte an der Steuerbord-Seite hatte sich leicht verzogen und hing nur noch lose an den Nieten; das Loch erstreckte sich gut drei Meter entlang der Außenwand, ein Drittel davon lag unter Wasser, und – das war das Schlimmste – das Schott und die wasserdichte Wand zwischen dem beschädigten Abteil und dem nächsten (dem Kesselraum, dem größten Abteil unter Deck) waren ebenfalls in Mitleidenschaft gezogen. Das Schiff war tatsächlich in Gefahr; bei ruhiger See hatte es nichts zu befürchten, aber in einem pazifischen Sturm, mit entsprechenden Sturzwellen, würde der provisorische Schutz sofort abreißen, und wenn Kohlenstaub die Pumpen verstopfte, könnten sich zwei Abteilungen mit Wasser füllen, und die »Ziethen würde der »Charybdis« auf dem Meeresboden wiederbegegnen.

Offensichtlich bedeutete das eine Verzögerung des von der »Ziethen« geplanten Raubzuges. Die neuseeländischen Fleischschiffe und die australischen Konvois würden einige Zeit in Frieden fahren können. Kein Kapitän würde es wagen, mit einem Schiff in diesem Zustand eine so weite Fahrt zu unternehmen, vor allem nicht der Kapitän eines deutschen Kriegsschiffes, der im Umkreis von fünftausend Meilen keine Freunde fand, und das angesichts der Möglichkeiten, ja der Gewißheit, früher oder später in ein Gefecht verwickelt zu werden. Die »Ziethen« mußte, und zwar ohne Verzug, einen Hafen, irgendeinen Zufluchtsort finden, an dem sie bleiben konnte, während ihr zerschossener Rumpf geflickt wurde. Ein neutraler Hafen würde eine fast sichere Internierung bedeuten, das unrühmlichste Ende einer Seefahrt; und wenn sie, durch wunderbaren Zufall, nicht interniert wurde, würde ihr Standort überall in die Welt hinausgefunkt werden, und wenn sie dann neutrales Gewässer verließ, würde eine feindliche Übermacht auf sie warten. Also waren ihr Häfen mit Docks und Magazinen für das Notwendige versperrt. Sie mußte irgendwo ein verlassenes Stück Land finden, von dem keine Nachrichten ausgestrahlt wurden, wo sie Zuflucht nehmen konnte, während ihre eigenen Maschinisten neue Platten schmiedeten und anbrachten, und wo es unwahrscheinlich war, daß feindliche Kriegsschiffe sie finden oder neugierige Regierungsbeamte sie der Verletzung der Neutralität bezichtigen würden. Im Pazifik gab es mehrere solcher Zufluchtsorte, aber der nächstgelegene war allen anderen vorzuziehen. Bevor er überhaupt die Seekarten konsultierte und in Segelhandbüchern nachschlug, kannte Kapitän von Lutz bereits die Antwort. Resolution Island, die letzte, nördlichste, äußerste Insel der Galapagos-Gruppe war für seine Zwecke am geeignetsten. Und so nahm die »Ziethen« Kurs auf das eintausend Meilen entfernte Resolution Island, ihre Pumpen arbeiteten unaufhörlich, während ein Trupp Maschinisten unten, in höllischen Tiefen, sich im Schweiße ihres Angesichts darum bemühten, sie sauberzuhalten. Brown schlief den tiefen, gerechten Schlaf des Schocks, während die Schiffsschrauben der »Ziethen« in monotonem Rhythmus schlugen und sie dorthin trugen, wo Brown sein Schicksal ereilen sollte.

Er verschlief den Rest des Tages und einen Großteil der Nacht. Und obwohl er, wie alle Matrosen, einen tiefen Schlaf hatte, der wie bei allen willensstarken Menschen nicht leicht von ihm wich, wurde er gegen Morgen mehr als einmal durch ein schmerzhaftes, unerklärliches Geräusch geweckt, ein blubberndes Stöhnen, das ihm, schläfrig wie er war, weder von einem Menschen noch vom Schiff herzurühren schien. Es verhallte jedoch jedes Mal, und er schlief wieder ein; aber am Morgen, als er völlig wach war, hörte er es wieder. Es schien ihm von der anderen Seite der Wand zu kommen, und er konnte es sich einfach nicht erklären. Er sah sich um; er war allein, obwohl ein zweites Bett in der Kajüte stand. Der Raum war in kaltem Weiß gestrichen, und ein summender Ventilator half den Bullaugen bei der Aufgabe, für frische Luft zu sorgen. Aber die Luft, die hereinströmte, schien die Kajüte kaum zu kühlen, denn die »Ziethen« befand sich fast am Äquator, und stählerne Decks und stählerne Wände bedeuteten unter der senkrecht stehenden Sonne stechende Hitze. Es war eine trockene Hitze, die nach heißem Metall roch, aber Brown war daran gewöhnt; die zwei Jahre, die er unter Deck in den Tropen verbracht hatte, ließen ihm solche Bedingungen fast normal erscheinen.

Brown hatte nicht viel Zeit nachzudenken, bevor der Krankenpfleger, den er gestern bereits gesehen hatte, in die Kajüte trat. Sein freundliches deutsches Gesicht brach in ein Lächeln aus, als er sah, daß Brown wieder normal und bei Bewußtsein war. Er steckte ein Thermometer in Browns Mund, lächelte, als er es ablas, und schrieb das Ergebnis auf eine Tabelle am Kopfende des Bettes. Er redete freundlich auf ihn ein und grinste, als ihm klarwurde, daß Brown kein einziges Wort davon verstand. Er bettete Brown mit den geschickten Händen einer Krankenschwester, zog die Decken fest, glättete das Laken und watschelte wieder hinaus, nicht ohne dabei einen freundlichen Blick über seine Schulter zu werfen. Zehn Minuten später tauchte er mit dem Schiffsarzt wieder auf.

»Besser, was?« sagte der Offizier mit einem Blick auf die Tabelle. Automatisch nahm er Browns Handgelenk, zog gleichzeitig eine Uhr hervor, fühlte seinen Puls und nickte.

»Schmerzen irgendwo?« fragte er.

»Nein, Sir«, sagte Brown.

Fühlen sich gut, was?«

»Ja, Sir.«

»Dann können sie jetzt Frühstück haben.«

Der Schiffsarzt sprach zum Krankenpfleger, der verschwand und fast sofort wieder zurückkam. Er brachte gutes Graubrot und Butter und Kaffee, der nicht ganz so gut war, aber Brown genoß alles. Als sich der Schiffsarzt zurückgezogen hatte, brachte der Krankenpfleger ihm ein Bündel mit Kleidern – Hemd und Pullover, weite Hosen, Socken und Schuhe. Sie gehörten zur weißen Tropenuniform der deutschen Matrosen, und als Brown sie anzog, machte er sich Gedanken über die kleinen Unterschiede zwischen ihr und der englischen Matrosenuniform – so mußte zum Beispiel der Kragen etwas ungeschickt innen angeknöpft werden –, aber sie paßte ihm ganz gut. Der dickliche Krankenpfleger grinste immer noch mit unerschöpflicher Freundlichkeit.

Der Rest des Morgens verstrich. Gleichgültig, mit kalten Augen, sah der Kommandant bei seinem Inspektionsgang zu ihm herein, würdigte ihn eines kurzen Blickes und ging wieder, ohne ein Wort gesagt zu haben. Dann wurde er noch einmal vor den Kapitän geführt und eingehend verhört. Brown setzte alles daran, keine Informationen preiszugeben; wenn er zu sehr bedrängt wurde, verfiel er in stoische, hirnlose Dummheit, und die eindringlichsten Fragen ernteten ein harmloses Echo in seinem »Ich weiß es nicht«. Und da es sehr wahrscheinlich war, daß ein bloßer Obermatrose eines alleinfahrenden Kreuzers wirklich nichts wußte, beendete der Kapitän schließlich das Verhör. Im übrigen ist auch zweifelhaft, ob irgendeine Information von Brown für Kapitän von Lutz etwas wissenswert Neues ergeben hätte. Der Kapitän wollte ihn gerade entlassen, als der Leutnant ihn mit einer respektvollen Frage unterbrach. Der Kapitän dachte einen Augenblick lang nach, wechselte einige Worte mit dem Leutnant und sprach sein Urteil. Es war ein Urteil, das Browns Schicksal besiegelte – und das Schicksal der »Ziethen«, aber das konnte niemand wissen.

Brown erfuhr das Urteil, als er ins Lazarett zurückkehrte.

»Sie sollen hier helfen«, sagte der Schiffsarzt in gebrochenem Englisch zu ihm.

Brown starrte ihn nur verständnislos an und der Schiffsarzt (eine ungeheure Leutseligkeit für einen Offizier gegenüber einem Mann in der Uniform eines Obermatrosen) klärte ihn väterlich auf.

»Was sollen wir denn mit Ihnen hier an Bord tun?« fragte er. »Sie ins Gefängnis stecken? Gefängnis ist nicht gut in den Tropen. Sie können hier bleiben und helfen, ihre Kameraden zu pflegen. Sie werden uns nicht davonlaufen.«

Und er lachte kehlig; Brown war sich nicht bewußt, wie ungewöhnlich es für einen, wenn auch nicht am Kampf teilnehmenden, deutschen Offizier war, mit einem Matrosen zu scherzen.

Und so erfuhr Brown die Erklärung für das stöhnende Geräusch der Nacht zuvor. Der dickliche Krankenpfleger führte ihn in den angrenzenden Teil des Lazaretts. Dort lagen auf zwei Kojen zwei Männer, die kaum als solche erkennbar waren. Der Kopf des einen war zur Hälfte in Verbände gewickelt, durch die schon wieder rote Flecke schimmerten. Er lag mit gekrümmten Fingern auf dem Rücken, und durch ein formloses Loch in dem Verband über seinem Mund kam ein anhaltendes blubberndes Stöhnen – jetzt war es leise, aber offensichtlich konnte es jeden Augenblick zu dem durchdringenden Ton ansteigen, an den Brown sich so gut erinnerte. Die halbe Stirn und das eine Auge, nicht unter einer weißen Bandage verborgen, zeigten Brown, daß darunter die vertrauten und freundlichen Züge von Ginger Harris lagen, einem seiner Kameraden vom Back, mit dem ihn eine zweijährige Freundschaft verband. Als sich das eine Auge Gingers öffnete, war darin keine Spur des Erkennens; alle Gedanken Gingers drehten sich zu der Zeit um ihn selbst.

Als Brown später sah, was unter den Verbänden lag, war er nicht erstaunt.

Die zweite Koje war mit einem Signalgast belegt, den Brown nicht sehr gut kannte, und er erkannte ihn wegen der marmornen Blässe, die sein Gesicht überzogen hatte, kaum wieder; er war so dünn und so außerordentlich blaß – sogar seine Lippen waren weiß –, daß er eher wie ein seelenloses Lebewesen von einer anderen Welt aussah, wie er da bewegungslos in seiner Koje lag. Brown fragte sich, welche Verletzung er wohl haben mochte, und sah den dicklichen Krankenpfleger fragend an. Dieser klärte ihn bald auf; er wies auf eine Wölbung unter der Bettdecke, wirbelte seine Arme wie eine Windmühle herum, sagte »Sch-Sch« und klopfte auf sein Bein. Brown verstand, was das heißen sollte: Der Signalgast war, als die »Charybdis« sank, in die Nähe einer ihrer riesigen Schiffsschrauben gekommen und hatte eins seiner Beine verloren. Vielleicht hatte er Glück gehabt, daß die rotierenden Flügel ihm nur ein Glied abgehauen und ihn nicht ganz zu Hackfleisch verarbeitet hatten, aber Brown wußte, daß man darüber geteilter Meinung sein konnte.

Also waren er und diese zwei Wracks die einzigen Überlebenden der gut vierhundert Männer, die die Crew der »Charybdis« ausgemacht hatten. Vierhundert Männer trieben jetzt in den mittleren Tiefen des Pazifiks, leichte Beute für Haie und für Kraken. Es war ein sinnloses, fieberhaftes Opfer gewesen, Teil des Preises, den die Marine für den Ruhm bezahlen mußte, die Bäuche einer nicht denkenden Bevölkerung mit dem gewohnten Brot und Fleisch zu füllen. Brown konnte sich vorstellen, wie die Nachricht vom Untergang der »Charybdis« mit Mann und Maus in England aufgenommen wurde. Die Kaffeekränzchen würden sagen: »Mein Gott, wie traurig!« und dann mit ihrer Unterhaltung über Gebärmutterkrebs forfahren; die Firmenbüros würden sagen: »Schlechte Führung natürlich«, und weiter über das Pferderennen in Newmarket oder die Pflichtvergessenheit der Büroboten debattieren. Brown machte sich keine Illusionen. Er wußte, wie wenig die Leute, für die er kämpfte, seinen und den Einsatz seiner

Kameraden schätzten. Sie mochten sich vielleicht stolz aufblasen, über die Tatsache, daß sie die größte Marine der Welt hatten, und Lieder singen wie »Britannia, Stolz des Ozeans« und einem Matrosen ein Bier spendieren, und die etwas Beleseneren sprachen vielleicht überheblich über »die Beherrschung der Meere«, aber von der unwiderstehlichen Kraft der Seegewalt, von dem Ausmaß des Wissens, der Forschung und der Selbstaufgabe, deren es bedurfte, um sie zu beherrschen – oder von dem, was unter Ginger Harris' Verband lag – wußten sie nichts. Browns Oberlippe hob sich ein wenig, und gleichzeitig schob sich sein Kinn etwas nach vorn. Nichts davon beeinträchtigte seine Entschlossenheit, seine Pflicht zu tun – seine Pflicht der Marine, sich selbst und (obwohl er es nie in solche Worte gefaßt hätte) dem Angedenken seiner Mutter gegenüber. Er würde seinen Teil dazu beitragen, wenn er es konnte, um den plappernden Haufen von Zivilisten zu füttern, aber nicht der Zivilisten wegen.

Später verhöhnte er sich selbst bitter wegen seiner hochtrabenden Entschlüsse. Er war ein Gefangener in den Händen des Feindes und hilflos. Er konnte sich kein Mittel vorstellen, um die »Ziethen« von ihrer Mission der Zerstörung abzuhalten. Sobald ihre Breitseite repariert war, würde sie losfahren und britische Schiffe kapern und versenken, genauso, wie die »Emden« es jetzt schon tat. Auf fünf Millionen Pfund schätzte er den Schaden, den sie voraussichtlich anrichten würde. Und er wäre dazu gezwungen, das alles mitanzusehen – oder aber, sie würden ihn mit verächtlicher Gleichgültigkeit an ein neutrales Schiff weiterreichen, und er müßte nach Hause zurückkehren, während die »Ziethen« mit ihren Raubzügen fortfuhr. Aber es gab nichts, was er tun konnte. Er wußte zu gut Bescheid über die Disziplin auf Schiffen, um zu hoffen, daß er die Maschinen beschädigen oder ihnen einen anderen Streich, etwa wie sie in Abenteuerbüchern für Jungen beschrieben werden, spielen könnte; obwohl, das muß eingeräumt werden, er sich bemühte, einen Plan in der Richtung auszubreiten. Hilflosigkeit, Verzweiflung und Einsamkeit vereint ließen ihn in ziemliche Mutlosigkeit verfallen – das größte, schwärzeste Elend des Zwanzigjährigen – für die drei Tage, in denen die »Ziethen« verwundet durch den Pazifik nach Resolution stampfte.

12

Die Galapagos-Inseln sind eine Gruppe vulkanischer Inseln, nördlich und südlich des Äquators gelegen, siebenhundert Meilen von der amerikanischen Küste entfernt. Auf ihnen leben keine Menschen – vor allem, weil es nur wenig Wasser gibt –, und sie liegen genügend weit von den üblichen Handelsrouten (zumindest bis zur Eröffnung des Panama-Kanals) entfernt, um relativ unbesucht geblieben zu sein. Ihre Flora und Fauna sind ihren eigenen Evolutionsschritten ohne Einfluß vom Festland gefolgt, und so weisen sie ihre eigenen, speziellen Arten von Insekten, Reptilien und Kakteen auf. Die riesigen Galapagos-Schildkröten gaben der Gruppe ihren Namen, aber die einzelnen Inseln wurden von Engländern benannt, die bei mancherlei Gelegenheiten dort aufkreuzten – Albemarle, Indefatigable, Chatham, Barrington, Resolution und der Rest erinnern sämtlich an Schiffe oder Admiräle oder an Staatsmänner. Hierher kamen Woodes, Rogers und Dampier als Privatpersonen und Anson im Auftrag von König George. Die pazifischen Walfänger – darunter Herman Melville – liefen dort an, um ihre Schiffe mit Schildkröten zu beladen. »HMS Beagle« kam vor hundert Jahren mit einem jungen Naturwissenschaftler an Bord dort an, ein Forschergeist, der Charles Darwin hieß. Er war von den Beweisen für die Evolution der dort lebenden Tiere so beeindruckt, daß sich seine Gedanken auf die Erwägung einer Entstehung der Arten durch natürliche Zuchtwahl lenkten.

Resolution Island ist die einsamste und am wenigsten besuchte von diesen Inseln. Einst war sie ein vulkanischer Krater, der schon seit über tausend Jahren erloschen ist, und der Pazifik brach an einer Stelle herein, so daß ihre Form einem unvollständigen Ring türmender Klippen gleicht, die über eine halbe Meile hinweg eine innere Lagune umgeben. Am Eingang ist das Wasser zwanzig Faden tief; in der Mitte der Lagune wurde die Tiefe nie ausgelotet. Die Klippen selbst (der Ring ist an keiner Stelle breiter als eine Viertelmeile) bestehen aus Lava in riesigen, zusammengestürzten, gezahnten Blöcken mit messerscharfen Graten; die unteren Hänge sind dünne mit stacheligen Kakteen bewachsen, die oberen Hänge ein nackter Irrgarten aus Fels. Der höchste Kamm jedoch, über den der Wind mit voller Macht hinwegfegen kann, ist etwas verwittert, so daß die Lavagrate stumpf und unter einer

Schicht Bimsstein verborgen sind.

Ein Blick auf die Lagune überzeugte Kapitän von Lutz, daß dies wirklich der Zufluchtsort war, den er brauchte. Es war ein vom Land umschlossener Hafen, der bei jeder Windstärke Schutz bot, und vor seinem geistigen Auge sah er bereits die »Ziethen« repariert, so daß sie nach Belieben den Pazifik durchkreuzen und Verwirrung und Zerstörung unter der hilflosen britischen Handelsmarine stiften konnte. Vorsichtig fuhr er ein, denn die Seehandbücher sind, was Resolution betrifft, in ihren Angaben äußerst vage. Er schickte ein Vorboot aus und folgte ihm vorsichtig, ständig die Tiefe auslotend. Die »Ziethen« überwand mühelos die Gezeitenströmung in der Lücke (bei Ebbe rast das aufgestaute Wasser in der Lagune wie ein Sturzbach durch die schmale Öffnung), bahnte ihren Weg zwischen den nackten Klippen zu beiden Seiten und war sicher in der Lagune. Drinnen wurde sie mit brutaler Gewalt von der drückenden Hitze des Ortes umschlossen, denn die Klippen halten jede Brise ab, und die Sonne brennt erbarmungslos den ganzen Tag auf die abfallenden Hänge und wird von dort unbarmherzig zum Zentrum hin reflektiert. Aber die Hitze mußte ertragen werden; vorsichtig und sehr, sehr langsam drehte sich die »Ziethen« seitwärts. Ein Anker ratterte von der Klöse und fand auf dem Meeresboden halt, seitlich der unendlichen Tiefen des Schlots in der Mitte des ehemaligen Kraters. Die Strömung, Schiffsschrauben und Ruder wurden gegeneinander ins Gleichgewicht gebracht, während ein weiterer Anker vom Heck hinuntergelassen wurde, und bald ruhte die »Ziethen« sicher und wohlbehalten im Herz von Resolution. Es war eine gekonnte seemännische Leistung, die Brown sehr wohl zu würdigen wußte, obwohl seine Sicht beschränkt war auf das, was er durch die Bullaugen eben erblicken konnte.

Sobald das Schiff richtig verankert war, verfiel die Crew der »Ziethen« in hektische Aktivitäten. Allein in einer See, in der die Hand jedes Mannes sich gegen sie erheben würde, war es gefährlich, in Sichtweite von Land, und sei es noch so abgelegen, zu verweilen. Die Arbeit mußte sofort getan werden, damit die »Ziethen« aus ihrem Versteck hervorkommen und – wenn nötig – auf offenem Meer kämpfen konnte; ihr Schaden mußte repariert werden, damit sie, je nach den Umständen, kämpfen oder fliehen oder kapern konnte. Die Heizer machten sich daran, die Kohlenbunker steuerbords so weit wie möglich auszuräumen und den Inhalt nach Backbord zu tragen. Der Kanonier-Leutnant überwachte die Arbeit eines Trupps, der sich abmühte, die Steuerbord-Magazine zu leeren und die Backbord-Lager zu füllen. Sogar die Zwölfpfünder der Steuerbord-Batterien wurden mit unendlicher Mühe abmontiert und hinübergeschafft, und die Kanonen in der Mitte wurden nach Backbord gerichtet. Denn ein modernes, zum Kampf gerüstetes Schiff läßt sich nicht so leicht auf die Seite legen wie die kleinen Holzschiffe der Freibeuter. Um nur eine Fußbreite des Schiffsrumpfes freizulegen, müssen Hunderte Tonnen an Gewicht verlagert werden – und selbst das ist bei einem Schiff, dessen Flanken mit Panzerplatten bedeckt sind, eine gefährliche und riskante Sache. Es ist einleuchtend, warum die »Ziethen« für dieses Vorhaben den Schutz von Resolution aufsuchte.

All dies wurde Brown allmählich klar, als er während der Halbwachen am Abend unter der freundlichen Aufsicht des dicklichen Krankenpflegers an Deck durfte und sich umsah. Er blickte zu den aufragenden Klippen und fühlte die zunehmende Schräglage des Decks. Wenn jene Klippen nur einen Feind mit einer Kanone – einem Sechs-Zoller, auch nur einem Zwölfpfünder – enthielten! Die »Ziethen«, mit ihrer schweren Schlagseite, wäre hilflos. Ihre Decks könnten leergefegt, die reparierenden Arbeiter getötet und die Reparatur ihrer Längsseite für unbestimmte Zeit verhindert werden, bis das Schiff entweder sank oder seine Lage wieder begradigte und entsetzt einem neuen Zufluchtsort zusteuerte; und so gute Zufluchtsorte wie Resolution waren selbstverständlich selten. Noch einmal tastete er die öden Klippen mit den Augen ab. An keiner Stelle waren sie mehr als eine Viertelmeile entfernt, keinen Gewehrschuß weit. Gewehrschußweite! Eine Idee wurde in Browns Kopf ins Leben gerufen, und das Blut wallte heiß in seinen Adern. Er wandte sich vom dicklichen Krankenpfleger ab, um seine plötzliche Erregung nicht zu verraten. Immer wieder sah er zu den Klippen hoch, erwog in Gedanken die Einzelheiten seines Plans, suchte nach Schwächen und überdachte Konsequenzen. Er fand keine Schwachstellen, erkannte aber mögliche tiefgreifende Konsequenzen.

Wieder im Lazarett, alleingelassen mit dem schwachen Stöhnen des Signalgastes und der immer wiederkehrenden Klage des gequälten Ginger Harris, vertiefte er sich ernsthafter in seine Pläne. Wenn er nur die Reparaturen an der »Ziethen« einige Zeit hinauszögern oder (was er kaum zu hoffen wagte) sie unrepariert vertreiben konnte, würde er viel erreicht haben. Denn irgendwo waren natürlich britische Schiffe auf der Suche nach ihr, und je länger sie an einem Ort aufgehalten werden konnte, desto größer war die Chance, daß sie gefunden wurde. Die Meldung vom Untergang der »Charybdis« mußte viele Schiffe auf eine heiße Spur gebracht haben. (Brown wußte nicht, daß die Funkmeldungen der »Charybdis« nie durchgekommen waren und daß der Verlust der »Charybdis« schließlich eigenen Schäden zugeschrieben wurde, wie man es schon bei der »Bulwark« und anderen Schiffen erklärt hatte.) Die »Ziethen« einige Tage in Hilflosigkeit verharren zu lassen, konnte dieser Angelegenheit vielleicht ein Ende setzen. Es konnte ihn selbst das Leben kosten, aber diesen Preis zu bezahlen, war er bereit. Nelson und Blake und Drake hatten ihr Leben in anderen Kriegen hingegeben. Auch wenn beim Gedanken an den Tod ein leichtes Zittern seinen Körper überlief – mit zwanzig fällt einem das Sterben schwer – beeinträchtigte es keineswegs seine Entschlossenheit, noch bestimmte es seine Planung. Agatha Browns Einfluß trug Früchte, und vielleicht spielte auch sein Erbgut väterlicherseits, eine lange Linie von Marine-Vorfahren, eine kleine Rolle in dieser Frage.

Browns Flucht von der »Ziethen« war lächerlich einfach, zum Teil, weil niemand erwartete, daß er fliehen wollte – wer in Gottes Namen würde auf einer kargen und wasserlosen Insel festsitzen wollen? –, zum Teil auch, weil seine Flucht auf den ersten Blick eine Erleichterung für die »Ziethen« zu sein schien. Auf einem Zerstörer waren Kriegsgefangene fehl am Platz: Um sie sicher zu verwahren, bedurfte es einer gewissen Grobheit, und niemand an Bord hatte den mindesten Wunsch, Brown grob zu behandeln. Und doch war er eindeutig im Weg, dort wo er war, einmal davon abgesehen, daß er ein wenig Unterstützung bei der Pflege der zwei englischen Verletzten bedeutete. Er war Sand im Getriebe der »Ziethen« – geringfügig nur, aber bemerkbar.

Am Fuße der Treppe, außerhalb des Lazaretts, war ein Waffenregal. In dem Regal standen zwölf Gewehre, und darüber hingen zwölf Ausrüstungen. Denn die »Ziethen« war ein Kreuzer auf Kaperfahrt und mußte jeden Augenblick dafür gerüstet sein, eine bewaffnete Entermannschaft oder ein Landungskommando auszuschicken. Die Gewehre und Ausrüstung standen bereit für eine Beiboot-Mannschaft. Sie waren Brown im Vorübergehen mehrmals aufgefallen, aber jetzt öffnete er die Tür und stahl sich vorsichtig hinaus, um sie näher zu untersuchen. Die Gewehre waren dick eingefettet, wie es in den Tropen nötig ist. Die Ausrüstung war in marschbereitem Zustand, fertig für den sofortigen Gebrauch. Er faßte die Patronentaschen an: Sie waren gefüllt, sechzig Schuß pro Tasche. Die Lederbeutel hinten an jedem Gürtel enthielten zwei schwere Pakete – jeweils die Notration für einen Tag. Die Wasserflaschen jedoch waren leer. Brown nahm zwei davon, schlich auf Zehenspitzen zurück, füllte sie und schraubte sie fest zu. Vorsichtig horchte er an der Tür, hörte niemanden kommen und schlüpfte wieder hinaus. Er hängte eine Wasserflasche wieder in die Schlaufe, und befestigte auch die andere am Gürtel derselben Ausrüstung, dann leerte er die Patronentasche einer anderen Ausrüstung in seine Hosentaschen und steckte eine weitere Tagesration in den Beutel der Ausrüstung, die er nehmen wollte, und damit waren seine Vorbereitungen beendet. Wenn er, mit Nahrung und Wasser für zwei Tage und mit einhundertzwanzig Schuß ausgerüstet, die »Ziethen« nicht eine Woche völlig enervieren konnte, dann würde ihn das sehr verwundern.

Zum Gehen bereit zu sein, war das eine; sich und seine Beute aufs Festland von Resolution zu verfrachten, war etwas ganz anderes. Brown erkannte, daß sein Plan an diesem Punkt leicht scheitern könnte und daß seine Entdeckung ein unrühmliches Abmarschieren in Zellenhaft und das Ende all seiner Hoffnungen bedeuten würde. Aber das war ein Risiko, das in Kauf genommen werden mußte. Er hatte seine Chancen erwogen und entschieden, daß er Erfolg haben könnte. Alles, was jetzt noch nötig war, waren im Grunde ein kühler Kopf und eine durchschnittliche Portion Glück. Es wäre eine Verzerrung der Sprache zu sagen, daß Brown einen kühlen Kopf hatte; in diesem Augenblick war er die reine Personifizierung der Pflicht, selbstlos, unegoistisch und unpersönlich, und so hatte sein kühler Kopf nichts mit den Umständen zu tun. Er war eine Kampfmaschine und würde mit ebenso großer Wahrscheinlichkeit wie irgendeine tatsächliche Maschine nicht nervös werden.

Draußen herrschte tropische Dunkelheit; der Mond war noch nicht über den höchsten Kamm von Resolution gestiegen, um die Lagune und das Schiff darin zu beleuchten. Brown hob die Ausrüstung hoch, legte sie um seine Schultern und schnallte sie fest. Er nahm ein Gewehr, schwang es über eine Schulter und stahl sich die Treppe hinauf. Fünf Sekunden später kauerte er, unbemerkt von der Schiffswache, dem bewaffnetem Wachposten oder einem müßigen Spaziergänger, unter dem Backbord-Boot, das an seinen Davits schaukelte. Mit lautloser, ruhiger Gewandtheit machte er sich an die Vorbereitungen für den nächsten Schritt.

Mit seinem Messer durchschnitt er die Zurringe der Bootsabdeckung, griff hinein und zog nach einer kurzen Suche zwei der Rettungsringe heraus, die dort bereitlagen. Einen davon zog er so fest wie möglich um das Gewehr; es wäre ein trauriges Ende, wenn die Waffe untergehen und er Resolution wohlbehalten, aber unbewaffnet erreichen würde. Den anderen band er an sich selbst fest. Dann fischte er eine der Bootsleinen heraus und ließ das Ende sehr, sehr leise über Bord gleiten. Er schulterte wieder sein Gewehr, griff nach dem Seil und ließ sich daran hinab. Er wurde durch die Unförmigkeit des Rettungsringes und die Masse seiner Ausrüstung behindert, aber mit Geduld und äußerster Kraft schaffte er es, nicht mit einem Krach gegen die Stahlplatten des Schiffs zu schwingen. Endlich fühlte er das Meer um seine Füße, und als er das Ende des Seils erreichte, umspülte es seine Taille. Er ließ sich fallen und sinken, bis das Wasser über seinem Kopf zusammenschlug, um ein Plätschern zu vermeiden; dann trieb ihn der Rettungsring wieder an die Oberfläche. Der Rest war einfach. Er legte sich, soweit der Rettungsring es zuließ, auf den Rücken, umklammerte sein Gewehr wie der liebe Tod und stieß sich mit den Füßen vorsichtig von der Schiffsseite ab; das Wasser war warm wie frisch gemolkene Milch. Fast unmerklich bewegte er sich vorwärts, dirigierte sich stetig und geduldig am Heck der »Ziethen« vorbei. Erst nach einer halben Stunde trugen ihn seine langsamen, kraftvollen Züge an den Rand der Lagune, und er mußte weitere zehn Minuten parallel dazu schwimmen, bis er schließlich im schwachen Licht des aufgehenden Mondes ein Stück Strand fand, das flach genug ins Wasser abfiel, um an Land klettern zu können. Dort löste er die Rettungsringe und ließ sie in einen Kakteenbusch fallen; dann zog er die Ausrüstung fester um seinen nassen Körper und wandte seinen Kopf dem steilen, fürchterlich zerklüfteten Abhang zu, der in der Dunkelheit vor ihm aufragte.

Brown wußte nichts von den Galapagos Inseln – um die Wahrheit zu sagen, wußte er nicht einmal, daß er auf einer dieser Inseln war – und hatte kaum die fürchterliche Anstrengung vorausgesehen, die der Aufstieg verlangte. Die Insel war nur eine zusammengeschweißte Masse aus Lavablöcken, von Kakteen überwuchert; um einen Meter voranzukommen, mußte man sich einen zwei Meter hohen Block, mit messerscharfen Graten bewaffnet, hinaufhieven und gleichzeitig durch stachlige Kakteen reißen. Nach sehr kurzer Zeit waren seine Hände und Füße aufgerissen, seine Kleider zerfetzt, Blut strömte aus den Schnittwunden, und er war infolge des immensen Kraftaufwandes in dieser drückenden Atmosphäre in Schweiß gebadet. Nach fünfzig Metern waren Körper und Geist taub vor Müdigkeit, aber er quälte sich weiter voran, eine perfekte Kampfmaschine, deren einzige Antriebskraft die Pflicht war. Ein einziger Gedanke tauchte in seinem müden Kopf auf und beflügelte ihn in seinem verzweifelten Kampf: Wenn er selbst nur so langsam vorankam, würde ein Landungskommando ebenso langsam sein, und er, mit seinem Gewehr in einer günstigen Position aufgebaut, könnte jede Anzahl von Männern aufhalten. Und so nach vorne stolpernd, vor Müdigkeit keuchend, nach Halt für Hände und Füße im Dunkeln tastend, zerrte er sich mit gigantischer Anstrengung hinauf, ließ sich vorsichtig in Klüfte hinab, bahnte seinen Weg nach oben. Dort, auf einer vorstehenden Felsnase, die er instinktiv als vorteilhafte strategische Position erkannte, legte er sich, mit dem Gewehr an seiner Seite hin, um auf den Morgen zu warten. Schlaf, der Schlaf der Übermüdung, überkam ihn sofort, als er den Kopf, mit dem Gesicht nach unten, auf die Arme legte.

13

Aber während Brown den Steilhang von Resolution erklomm, und während er auf dem vorstehenden Felssattel schlief, waren viele Dinge passiert. Ungeheure Neuigkeiten hatten die »Ziethen« von den Funkstationen auf dem amerikanischen Festland erreicht; der gesamte Äther des östlichen Pazifik war in schwatzhafter Aufregung gewesen, denn Graf Spee hatte seinen ersten Schlag gegen den Ring der Feinde geführt, die ihn eingekreist hatten. Admiral Sir Christopfer Craddock war ihm begegnet – zwei schwach armierte Kreuzer gegen zwei bestückte. Er hätte die Schlacht verweigern können, hätte sich zu einem langsameren Schlachtkreuzer zurückziehen können, der zweihundert Meilen hinter ihm durchs Meer pflügte, aber er hatte sich geweigert, die

Berührung mit einem Feind zu verlieren, der sich schon als ungreifbar erwiesen hatte. Er war frisch zur Tat geschritten, in der Hoffnung, Graf Spee genug Schaden zuzufügen, um ihn kampfunfähig zu machen, aber er hatte nicht so viel Glück gehabt wie die »Charybdis« in ihrem Gefecht mit der »Ziethen«. »Good Hope« und »Monmouth« waren mit allen Mann an Bord unter dem Beschuß der »Scharnhorst« und »Gneisenau« untergegangen, und Graf Spee war jetzt für kurze Zeit Herrscher über die gesamte südpazifische Küste. Die Nitratschiffe, lebensnotwendig für die Herstellung des britischen Sprengstoffes, kauerten in den Häfen Chiles, während Graf Spee im Glanz des Sieges seinen Erfolg die ganze Küste hinunter ausposaunte und eine verärgerte Admiralität in London eilig nach den Mitteln suchte, um die Lücke zu schließen, die von Spee in den Ring gesprengt hatte, der um ihn gezogen worden war. Im verzweifelten Kampf um Leben und Tod einer Nation war Graf Spees Sieg unbedeutend – was bedeuten zwei Kreuzer mit veralteter Bestückung für eine Marine, die dreißig Großkampfschiffe aufstellen kann? – aber für das Leben eines Kabinetts war er sehr bedeutend. Mit der unbehelligten »Emden« im Indischen Ozean, wo sie täglich Schiffe versenkte, mit der nicht georteten »Ziethen« die jeden Augenblick durch eine neue Serie von Verheerungen die öffentliche Aufmerksamkeit erregen konnte, und mit einem triumphierenden Graf Spee im Pazifik konnte das Ansehen des Kabinetts so schwer erschüttert werden, daß sein Sturz unvermeidlich war; und die Folgen eines solchen Sturzes waren unvorhersehbar. In der Tat war es klug gewesen, daß die »Ziethen« in ihrem beschädigten Zustand es nicht gewagt hatte, ihre Funkgeräte zu betätigen und die Vernichtung der »Charybdis« zu verkünden. Erst mußte sie repariert werden, sich frei bewegen und der Verfolgung entziehen können; dann würde sie frohlockend ihren Sieg hinausposaunen, und die Straßen von London würden mit Plakaten übersät sein: »Noch eine Katastrophe der Marine im Pazifik«, und dann konnte das Kabinett stürzen. All diese Dinge gingen Kapitän von Lutz durch den Kopf, als er die Flut der Funksprüche las, und Vorstellungen dieser Art feuerten ihn mit Ungeduld an, während er die Reparaturen am Schiff überwachte und nach unten eilte, um die Arbeit des Schiffsschmiedes und der Maschinisten in Augenschein zu nehmen, die die Platten herstellten, mit denen das gähnende Loch in der Flanke der »Ziethen« geschlossen werden sollte. Keine Minute durfte verloren werden, obwohl Kapitän von Lutz nicht den geringsten Grund für eine Verzögerung sehen konnte. Zwölf Stunden nach Sonnenaufgang würden die Platten angebracht und die »Ziethen« wieder auf dem Pazifik sein, würde die Vernichtung der »Charybdis« in alle Welt hinausschreien und in aller Stille dem deutschen Geheimagenten in Peru mitteilen, wieviel Kohle sie brauchte und wohin ein Kohleschiff geschickt werden sollte.

Selbst die Meldung, daß der gefangene englische Matrose geflohen war und ein Gewehr mitgenommen hatte, beunruhigte nicht den freudig erregten Zustand des Kapitän von Lutz. Die Flucht bedeutete keinen Schaden – von Lutz fragte sich nur, warum der Matrose es für nötig befunden hatte, sich zu bewaffnen, da er doch sehen mußte, daß sie ihn nicht verfolgen würden –, und er gab sich damit zufrieden, den freundlichen Krankenpfleger und die Marinewache auf dem Oberdeck aus rein disziplinarischen Gründen in den Arrest zu stecken.

Brown erwachte, als die Morgendämmerung am Himmel heraufzog. Er fühlte sich sehr wund und müde und durstig, aber er stillte seinen Durst nur mit zwei Schlucken aus der Wasserflasche. Er überprüfte das Gewehr. Wie erhofft, hatte das Fett, mit dem es so dick eingeschmiert worden war, kein Wasser an das Metall kommen lassen, und so zeigte sich weder außen noch innen auch nur eine Spur von Rost. Er öffnete die Kolbenkammer, nahm Ölflasche und Wischstrick heraus und machte den Lauf schußbereit. Er hatte nie zuvor ein Mausergewehr gehandhabt, aber die schlichte Einfachheit des Lademechanismus und der Visiereinrichtung stellten ihn vor kein Problem. Er füllte das Magazin und legte sich aktionsbereit in Position.

Unter ihm, knapp eine Viertelmeile entfernt, lag unbeweglich, fast in der Mitte der Lagune, die »Ziethen«. Das Wasser um sie herum war glatt und glasklar, bis auf ein kräftiges Kräuseln, das Browns gute Augen um ihr Heck und die Ankerketten erspähen konnten, dort wo die schnelle Strömung um sie herumwirbelten. Sie lag wie ein Totenschiff; selbst aus ihren Schornsteinen kam nur eine leise Andeutung innerer Aktivität.

Als es heller wurde, konnte er weißgekleidete Figuren auf ihrem Deck und ihren Aufbauten erkennen, und er nahm das Gewehr in die Hand und visierte jede einzelne Gestalt an, ohne allerding abzudrücken. Er wollte seine Patronen für wirkungsvollere Dinge als zufälliges Töten aufbewahren. Etwas später ging die weiße Flagge mit dem schwarzen Kreuz in die Höhe: An Bord der »Ziethen« hatte der Tag offiziell begonnen. Sofort danach zeigte sich hektisches Treiben auf der Steuerbord-Seite, und Brown konnte mit seinen scharfen Augen sehen, wie mit der Arbeit, die er erwartete, begonnen wurde. Zwei Arbeitsbrücken wurden an der Seite heruntergelassen, jeweils eine links und rechts des Loches, das die Granate der »Charybdis« gerissen hatte, und ein paar weißgekleidete Gestalten kletterten auf Jakobsleitern zu ihnen hinunter. Die Nieten der Platten mußten gelöst, die Platten selbst entfernt werden, während die neuen vorbereitet wurden. Brown drückte das Gewehr gegen seine Schulter und preßte seine Wange an den Kolben.

Während des kurzen Augenblicks, in dem er zielte, war Zeit für tausenderlei Gedanken. Wenn er nicht abdrückte, würde er nicht verfolgt werden; die »Ziethen« würde die Reparaturen fertigstellen und von Resolution abziehen, und er würde als freier Mann zurückbleiben und konnte darauf hoffen, von einem vorüberfahrendem Schiff aufgegabelt zu werden und wieder seinem Vaterland zu dienen. Wenn er aber nur einmal feuerte, nur einen aus der Mannschaft der »Ziethen« tötete, würde jeder einzelne der Hunderte von deutschen Matrosen an Bord sein erklärter Todfeind werden und ihn bis zu seinem Ende verfolgen. Tod lag auf der einen, Freiheit auf der anderen Hand; es war eine folgenschwere Wahl, und Brown hätte dabei zögern können. Aber er zögerte keine Sekunde; er dachte nicht einmal an die Möglichkeit einer Wahl. Er hatte seine Entscheidung in der Nacht zuvor getroffen, und wenn ein Mann wie Brown eine Entscheidung trifft, dann bleibt für Zögern kein Raum.

Langsam schoben sich die Ziellinien übereinander. Durch das V der Kimme konnte er ein winziges weißes Dreieck sehen – die weiße Jacke des Mannes auf der Arbeitsbrücke. In das V hinein kroch der Keil des Korns, schob sich langsam nach oben, bis seine Spitze mit den oberen Enden des V genau auf einer Linie lag. Dort blieb es eine kurze Sekunde lang, während Brown, in Erinnerung seines Geschützunterrichts in Harwich und seiner gelegentlichen Übungen seitdem, ruhig durchatmete, den Abzug leicht anzog und langsam den letzten Millimeter zurückzog. Dann ging das Gewehr los, und das Echo seines Knalls kreiste in den Klippen.

Maschinenmaat Zimmer hatte sich freudig daran gemacht, die Nieten der beschädigten Platte auszubohren. Während er sein

Werkzeug zurechtlegte, pfiff er vor sich hin und tauschte sogar ein oder zwei Witze mit den drei anderen Männern, die neben ihm in der Arbeitsbrücke schwangen. Werkzeug und Maschinen waren immer seine Freude gewesen, und selbst nach dieser langen Zeit heiterte die Aussicht, sie zu benutzen, ihn auf. Er dachte nicht an seine Heimatstadt Hamburg, nicht einmal an seine hübsche, junge, blonde Frau dort, die er seit achtzehn Monaten nicht gesehen hatte. Er konzentrierte sich ohne einen anderen Gedanken auf die Arbeit vor ihm. Dann traf ihn etwas hart links, nahe dem Herzen, und für den Bruchteil einer Sekunde fühlte er einen Schmerz, einen fürchterlichen Schmerz, bevor Dunkelheit über ihm zusammenschlug. Er war schon tot, als seine Knie unter ihm nachgaben, und fiel rückwärts über das obere Querholz der Brücke; seine Füße verhakten sich im unteren Querholz, und er hing lächerlich träge mit dem Kopf nach unten. Ein leuchtender Spritzer auf der Platte, an der er gearbeitet hatte, zeigte, wo die Kugel, nachdem sie seinen Körper durchquert hatte, abgeprallt war. In Hamburg gab es jetzt eine Witwe mehr.

Aber in dem Augenblick achtete niemand auf den an den Knien baumelnden toten Körper des Maschinenmaates Zimmer, und ganz sicher dachte niemand an seine Witwe. Obermatrose Brown sah ihn fallen, lud die Mauser wieder durch, zielte kühl noch einmal und feuerte schnell ab. Der zweite Mann auf Zimmers Arbeitsbrücke wurde getroffen, als er sich gerade umblickte, um zu sehen, was mit Zimmer passiert war; ein Mann auf der anderen Brücke starb, als er sich umdrehte, um zu sehen, woher die Schüsse kamen; der vierte Mann knickte zusammen, als er auf der Jakobsleiter in Sicherheit klettern wollte.

Brown feuerte drei weitere Schüsse in die Gruppen der Männer, die neugierig auf dem Oberdeck zusammenströmten; die Schüsse zeigten ihre Wirkung, in wenigen Sekunden war das Oberdeck, soweit Brown erkennen konnte, leergefegt. Die »Ziethen« hing untätig an ihren Ankern, grau und düster, ihre großen Geschütze stumm nach vorne gereckt. An ihrer Seite hing, lächerlich klein, die weiße Leiche des Maschinenmaates Zimmer, mit dem Kopf nach unten, und über ihm lagen zwei weiße Flecken – die Körper seiner Kameraden. Der vierte Mann war ins Meer gefallen.

Es war ein exaktes Bild sowohl der Macht wie der Ohnmacht moderner Technik. Auf der einen Seite lag die »Ziethen« mit ihren zehn 6-Zoll-Geschützen, ihrer starken Mannschaft und ihren in die Tausende gehenden Pferdestärken; auf der anderen Seite lag ein Bursche, ein Meter achtzig groß, zwanzig Jahre alt, der sie beherrschte und ihr seinen Willen aufzwang. Aber Brown war mächtig nur dank seines Gewehres, dem praktischsten, kompaktesten und wirkungsvollsten Stück Technik, das der Mensch je erfunden hatte. Nicht zum ersten Mal veränderte ein Gewehr den Lauf der Geschichte. Brown war kein hervorragender Schütze, aber man braucht kein hervorragender Schütze zu sein, um mit vier Schuß auf eine Viertelmeile Entfernung vier Männer zu treffen, die in weißer Kleidung vor dunklem Hintergrund völlig ungeschützt sind. Brown konnte sein Gewehr in guter soldatischer Manier handhaben, und mehr war nicht vonnöten. Er hatte die erste Runde gewonnen und machte es sich in seiner Nische auf dem Felssattel bequem, um die Entwicklung der Dinge abzuwarten. Ein Kopf tauchte hinter dem vordersten Schornstein der »Ziethen« auf der Brücke auf. Er feuerte schnell ab, traf nicht und war über sich selbst leicht verärgert.

An Bord der »Ziethen« herrschte Verärgerung über den dummen Zwischenfall; wären nicht vier Männer getötet worden, wäre es bei leichter Verärgerung geblieben. Wäre nicht die Wut über den Tod dieser Männer, Backgenossen und Freunde gewesen, so wäre die Haltung der Offiziere und Männer der »Ziethen« heitere Entrüstung gewesen – Erheiterung darüber, daß ein Mann es wagte, sich gegen einen Kreuzer zu erheben, Entrüstung wegen Verzugs der Reparaturarbeiten am Schiff. Von geschützten Positionen aus – hinter Bullaugen und Sehschlitzen im Geschützturm – suchten sie sorgfältig die Klippen ab, um einen Blick auf diesen verrückten Engländer zu werfen, der sich so sonderbar benahm. Kapitän von Lutz, der ärgerlichste Mann an Bord, schritt auf die Brücke hinaus; eine Kugel knallte gegen einen Pfeiler, knapp an seinem Ohr vorbei und sprang pfeifend ab. Nicht einmal Kapitän von Lutz, einer der klügsten Köpfe der kaiserlichen deutschen Marine, der bald nach diesen Ereignissen für höchste Kommandos ausgewählt wurde, erkannte die Schwierigkeit der Aufgabe, die vor ihm lag. Er gab sofortigen Befehl, die Dampfpinasse klarzumachen, die seit der vergangenen Nacht längsseits lag, so daß ein Landungskommando diesen störenden Kerl festnehmen und man an Bord mit ihm abrechnen konnte.

Brown lag geduldig in seiner Nische. Von dort, wo er lag,

konnte er das Heck und die gesamte Steuerbordseite überblicken. Sein Gewehr war zwischen zwei Lavablöcken, die ihm fast perfekte Deckung boten, nach vorne geschoben; die wuchernden Kakteen waren ein wirkungsvoller Sichtschutz, und der Hügel des Felsvorsprungs, mit einer Vertiefung auf einer Spitze, brachte fast die gesamte Felsfläche unter seine Kontrolle. Er war mit seiner Position vollkommen zufrieden; er prüfte das Magazin und überließ sich geduldig der sengenden Hitze, die ihn allmählich auf der nackten Felsplatte zu rösten begann.

Plötzlich zeigte sich der nächste Schritt in der Entwicklung. Die Dampfpinasse kam, mit zwanzig Mann an Bord, um das Heck der »Ziethen« und schoß auf die Küste zu. Browns Gewehr krachte immer wieder und verlangte seinen Tribut, bevor die Männer sich schutzsuchend auf den Bootsboden warfen. Der Steuermann fiel, durch die Brust geschossen, tot um, und der befehlshabende Offizier, mit goldglänzenden Litzen auf seinem weißen Mantel, ergriff das Ruder und hielt das Boot auf seinem Kurs, als Browns nächste Kugel die Mütze von seinem Kopf riß. Eine Sekunde später war das Boot unter dem Steilhang des nackten Uferfelsens außer Sicht. Brown füllte wieder das Magazin.

Der befehlshabende Leutnant des Landungskommandos erkannte in dem Augenblick, in dem er das Steuer ergriff, daß dies nicht die einfache Festnahme eines fast hilflosen Mannes sein würde, wie er erwartet hatte. Langsam wurde ihm klar, daß ein Mann mit einem Gewehr, in einer Entfernung von hundert Metern, einem Haufen Männer, der auf ihn zustürmt, schwer zusetzen kann. Es gab noch eine weitere Lektion, die er lernen mußte, aber das stand ihm noch bevor. Im Augenblick traf er lediglich die Vorkehrungen, die ihm angemessen schienen. Er hielt seine Männer, die aus dem Boot stürzen und wild den Hang hinaufrasen wollten, zurück: Im Schutz des Steilhanges verteilte er sie auf das fünfzig Meter breite Ufer. Er vergewisserte sich, daß ihre Gewehre geladen waren und gab dann Befehl für den gleichzeitigen Sturm.

Aber hier setzte die Lektion ein. Niemand, der es nicht versucht hat, kann wissen, daß das Wort »Sturm« im Wortschatz Resolutions nichts zu suchen hat. Die fürchterlichen, rasiermesserscharfen Grate der Lavablöcke und die wuchernden, stechenden Kakteen machen ein auch nur annähernd schnelles Vorankommen unmöglich. Ein Mann im Vollbesitz seiner Kräfte konnte sich auf

Resolution so schnell bewegen wie eine Schnecke im Garten, das hatte Brown bereits in der Nacht zuvor erfahren.

Brown sah, regungslos in seinem Versteck liegend, wie eine Linie von Männerköpfen unter ihm am Wasserrand auftauchte, und er schoß sofort eine Kugel durch einen von ihnen. Die anderen Köpfe entwickelten Schultern und Körper und Beine und kamen auf ihn zu, verschwanden hinter Lavablöcken aus seiner Sicht, erschienen in voller Länge, als sie sich darüberquälten, krochen in einem absurden, lächerlich langsamen Tempo zu ihm hinauf. Er feuerte ruhig und überlegt, wartete bei jedem Schuß, bis ein Mann sich in ganzer Länger zeigte. Der Körper eines Mannes bildet bei einer Entfernung von hundert Metern eine hervorragende Zielscheibe. Brown feuerte sechs Schüsse ab, und traf sechs Männer, bevor der »Sturm« abflaute. Keiner der Männer, die zusehen mußten, wie rechts und links von ihnen ihre Kameraden tot zu Boden fielen, konnte sich dazu überwinden, sich die Felsen hinaufzuhieven und sich dem nächsten Schuß auszusetzen. Das Dutzend Überlebende blieb hinter der Deckung stehen, die sich ihnen zufällig bot, oder blieb dort liegen, ohne weitere Anstrengung, vorwärtszukommen. Sie schoben ihre Gewehre vor und fingen an, auf den verborgenen Tod über ihnen loszuschießen. Das Krachen und Rattern der Geschosse hallte rund um die Lagune und störte ihren Frieden.

Doch trotz der zahlenmäßigen Überlegenheit des Feindes lagen die Vorteile immer noch bei Brown. Bis jetzt wußte niemand von der angreifenden Partei genauer, wo sein Versteck war; dank der zwei nahe zusammenstehenden Lavablöcke und der Kakteen war er völlig versteckt. Das einzige, was ein Angreifer vielleicht sehen konnte, waren eine Gewehrmündung und fünf oder sechs Quadratzentimeter eines Gesichts, das im tiefen Schatten lag, und es hätte bessere Augen verlangt, wenn kein Glück mit im Spiel war, als der Mensch besitzt, um so viel in der tausend Quadratmeter großen Fläche von Felsen und Kakteen zu erspähen, in der er irgendwo verborgen lag. Brown seinerseits war nicht so behindert. Er lag höher und konnte weiter über den Rand der Lavablöcke hinwegsehen. Er hatte mehr Feinde, auf die er zielen konnte, und sie lagen in Positionen, die sie zufällig in der Hitze des Gefechts eingenommen hatten. Er war kühl und nicht von Anstrengung aufgeregt. Er kannte genau die Linie, die seine Feinde erreicht hatten.

Kugeln pfiffen in der heißen Luft über ihn hinweg, ließen Wolken von Bimssteinstaub aufsteigen, wenn sie die Felsen trafen, oder sausten zischend durch die fleischigen Kakteenblätter. Keine einzige flog näher als zehn Meter an ihm vorbei. Überlegt, fast kaltblütig, begann er seinen Angreifern schwere Verluste zuzufügen. Hier zeigte sich eine Schulter, dort ein Bein, dort drüben ein Kopf mit Schultern völlig ungedeckt. Er zielte genau und feuerte, verrückte das Gewehr ein wenig und feuerte wieder, drehte sich vorsichtig um, um sich nicht selbst zu verraten, und feuerte noch einmal. Jeder Schuß hallte dumpf um die Klippen; in der heißen Luft gab das Geräusch des Schalls keinen Hinweis, wo der Schütze liegen könnte. Jeder Schuß traf. Verletzte Männer lagen stöhnend in Spalten und Klüften. Tote Männer lagen mit dem Gesicht auf ihrem Gewehr. Sehr bald wagten die wenigen Überlebenden nicht mehr zurückzufeuern, sondern kauerten sich hinter der geringen Deckung, die sich ihnen gerade bot, reglos vor Angst, denn der Schütze konnte eine tödliche Kugel durch ihr Herz schicken. Das Schießen erstarb. Der Leutnant sprang in wilder Wut auf, wollte seine Männer anschreien und erhielt eine Kugel ins Gesicht, die ihn hintüber fallen ließ, so daß er als zuckendes, gefühlloses Gliederbündel auf einer stachligen Kakteengruppe landete. Stille breitete sich wieder aus. Brown blies vorsichtig in die Ladekammer des Gewehrs, spähte mit harten, verengten Augen nach irgendeinem Zeichen des Feindes und nahm wieder seine geduldige, angespannte Wartehaltung ein. Augen und Ohren waren offen für jedes Zeichen von Aktivität, das sich unten zeigen könnte, wo ein hastiger Feind vielleicht versuchte, unbeobachtet zu ihm hinauf oder die Klippen entlang zu kriechen, um ihn zu überrumpeln. Eine ganze Stunde lang passierte nichts, bis auf den Versuch eines Unglückseligen, seine verkrampften Beine zu strecken – ein Versuch, der ihm eine Kugel durch das Knie bescherte – und ihn innerhalb einer halben Stunde an Blutverlust sterben ließ.

Und so ergab sich eine Geduldsprobe zwischen dem Wächter oben auf den Klippen und dem dezimierten halben Dutzend darunter. Nach dem harschen Schall der Gewehre breitete sich wieder die friedliche Stille von Resolution aus. Die Sonne stieg ihrem Zenicht entgegen und verströmte eine Flut greller Hitze auf die verbrannten Felsen. Die Lagune lag leuchtend blau darunter, und in ihrer Mitte lag ruhig die »Ziethen« an ihren Ankern. Als die

Hitze intensiver wurde, nahmen die Gegenstände auf der Insel eine etwas unwirkliche Gestalt an und verschwammen in der Luft über ihnen. Minuten krochen wie Stunden vorbei, aber die kauernden, noch lebenden Soldaten am Fuß der Klippe wagten nicht, sich zu bewegen – nicht mit diesen Hilferufen ihrer verwundeten Kameraden im Ohr.

Drüben auf der »Ziethen« fragten sich alle verwundert, was wohl passiert sein mochte. Sie hatten die Landung beobachtet; sie hatten Männer fallen sehen; sie hatten gehört, wie das Feuer plötzlich anschwoll und dann abstarb; aber sie konnten sich nicht den Ablauf der Ereignisse erklären. Sie konnten noch die Pinasse mit der Bootswache darin am Strand sehen, aber bis auf drei oder vier leblose Körper konnten sie nichts vom Landungskommando ausmachen, was nicht weiter verwunderlich ist, wenn man das Chaos der Felsen und Kakteen bedenkt, in das es geraten war. An Bord ging die Meinung dahin, daß der Angriff in eine vom Schiff aus uneinsehbare Schlucht hinaufgetragen worden war und die Männer ihre Beute vor sich hertrieben. In diesem Fall bestand keine Gefahr mehr für die Reparaturarbeiter. Kapitän von Lutz, der ungeduldig darauf wartete, sein Schiff wieder aktionsfähig zu sehen, gab abrupt den Befehl, daß ein weiterer Trupp Handwerker die Arbeit wieder aufnehmen sollte.

Brown, in seinem Felssims liegend, sah, wie die auf Puppengröße reduzierten, weißgekleideten Gestalten sich auf den Jakobsleitern herunterließen. Er gab ihnen reichlich Zeit; sie schickten die Körper ihrer Vorgänger mit einer Seilwinde ans Oberdeck und machten sich an die Arbeit. Und als sie sich daran machten, eröffnete er das Feuer, und wieder hallte der Knall seiner Schüsse dumpf um die Insel. Die kleinen weißen Gestalten fielen kläglich auf ihren Arbeitsbrücken zusammen. Das plötzliche Feuern über ihren Köpfen erweckte wieder die Lebensgeister der unter den Klippen gekauerten Männer, und, müde des Wartens, mit schlechtem Gewissen wegen Versäumens ihrer Pflicht, griffen sie wieder zum Gewehr. Endlich hatte einer dort unten eine vage Vorstellung, wo Brown sich befinden könnte, und als die Gewehre wieder losknallten, traf eine Kugel nach der anderen die Felsen in seiner Nähe. Eine von ihnen trieb Staub in seine Augen. Brown erkannte die Gefahr. Er achtete nicht mehr auf die anderen Schützen, die auf ihn losschossen, sondern lag vollkommen ruhig und spähte durch den Schlitz zwischen den zwei Lavablöcken hierhin und dorthin, um seinen scharfäugigen, scharfsinnigen Feind auszumachen. Und schließlich sah er ihn – oder zumindest einen Teil von ihm. Ein Stück eines weißen Pullovers, eines dunklen Kragens, eine Hand und eine Wange im tiefen Schatten des Felsens, und hinter dem Felsen ein anderes Stück Weiß, vermutlich das Ende eines Hosenbeines. Der Träger der weißen Kleidungsstücke feuerte immer noch begeistert, und mit jedem Schuß flog pfeifend eine Kugel nahe an Brown vorbei oder prallte von einem Kaktus oder einem Felsen in eine andere Richtung ab. Gnadenlos zielte Brown, visierte auf die Kante des Kragens vor dem weißen Pullover. Auf hundert Meter Entfernung konnte er sein Ziel nicht verfehlen; als er abdrückte, sah er, wie der Pullover zuckte und seine Zielscheibe rollte strampelnd voll in sein Blickfeld. Ein blonder Junge, Brown selbst gar nicht unähnlich, der grotesk darum kämpfte, seine zerschmetterte rechte Schulter mit der linken Hand zusammenzuhalten; Blut strömte zwischen seinen Fingern hervor, sein Gesicht war schmerzverzerrt. Brown verschwendete keinen weiteren Gedanken darauf. Er lenkte seine Aufmerksamkeit wieder auf die anderen, deren Kugeln zwanzig Meter rechts und links an ihm vorbei in die Klippen flogen. Einen von ihnen, dem Feuer von oben hilflos ausgeliefert, tötete er, und das Feuer der anderen hörte abrupt wieder auf, während sie sich in Felsvertiefungen preßten. Noch als sie das taten, bemerkte Brown, daß die Bootswache, von Neugier getrieben, aufstand, um zu sehen, was vor sich ging, und der Mann zeigte dabei seinen Kopf samt zugehörigen Schultern über den Rand des Felsens am Ende der Lagune. Auch ihn tötete Brown, ohne Gnade, aber auch ohne Haß.

Es war beinahe Mittag. Brown hatte die Reparaturen an der »Ziethen« bereits um sechs Stunden verzögert. Das allein war schon eine außerordentliche Leistung.

14

Der nächste Abschnitt in der Schlacht von Resolution war ein Tribut an Browns Macht – an die Macht des Gewehres, das heiß in seinen Händen lag. Vom Oberdeck der Ziethen kam ein weißes Flattern – ein weißes Flattern, oft wiederholt. Dann kletterten zwei Gestalten die Jakobsleitern hinunter, und selbst aus der großen Entfernung erkannte Brown darunter die ziemlich stämmige Gestalt des Schiffsarztes, der sich dazu herabgelassen hatte, mit ihm zu scherzen. Die Strenge seiner geistigen Verfassung veranlaßte Brown, ganz mechanisch das Gewehr auf ihn anzulegen, bis er sich der weißen Flagge bewußt wurde und Abstand davon nahm. Die Neuankömmlinge beugten sich über die gekrümmten Gestalten auf den Arbeitsbrücken, hantierten eifrig mit Binden und Schienen, und bald darauf (aber jede Minute bedeutete Verzug für die »Ziethen«) wurden die Verletzten an Deck gezogen, und ihre Pfleger kletterten nach ihnen hinauf.

Gleichzeitig entstand ein plötzliches Treiben am Fuß der Klippe. Irgend jemandem war es dort unten zu unbequem. Er konnte die Hitze, das Kauern und die Anspannung nicht mehr ertragen. Zudem war er dem Ufer am nächsten – nachdem er das steilste Stück der Klippe erklommen hatte, hatte er den leichtesten Abstieg. Er warf sich plötzlich auf allen Vieren einen kleinen Abhang hinunter, rollte den nächsten hinab, krachte durch einen Kakteenbusch, an dem Fetzen seiner Kleidung und seiner Haut hängenblieben, und stürzte den letzten Steilhang zum Wasserrand hinab. Eine Kugel aus Browns Gewehr pfiff an seinem Ohr vorbei, aber in seiner nervösen Panik bemerkte er es nicht einmal.

Sein Beispiel war ansteckend. Die anderen Überlebenden des Landungskommandos standen gleichzeitig auf und stürzten sich die Klippe hinunter. Brown zerschmetterte das Rückgrat des einen, als er gerade zum letzten Sprung ansetzte, aber die anderen zwei erreichten das Wasser – und damit Sicherheit, – unverletzt, von einigen Kratzern und Rissen abgesehen. Jetzt duckten sich drei Männer in die Dampfpinasse; sie waren die einzigen unverletzten Überlebenden des einundzwanzig Mann starken Landungskommandos.

Aber für die verwunderten, wütenden Offiziere auf der »Ziethen« bedeutete ihr Auftauchen am Beiboot Erleichterung von der Sorge, was mit dem Landungskommando passiert war. Das Blinksignal auf der Brücke begann mit einer Reihe von staccatoartigen Blitzen, entsandte Fragen über Fragen zu dem betäubten, reuevollen Trio, das im Schutz des Felsens kauerte. Hockend, ihre Füße im Bilgenwasser (denn wenn sie aufstanden, kamen ihre signalisierenden Hände in Browns Sicht- und Schußweite), zogen sie einige Taschentücher hervor und signalisierte Sätze krochen zum Kreuzer zurück, wo Dutzende von begierigen Augenpaaren die zögernden Antworten lasen. Glücklicherweise brauchten die meisten Fragen mit nur einem Wort beantwortet zu werden.

»Wo ist der Rest des Kommandos?«

»Tot.«

»Wo ist Leutnant Stürmer?«

»Tot.«

»Wie viele Männer standen euch entgegen?«

»Einer.«

Eine Frage jedoch wiederholte das blinkende Signal unablässig, aber die wirren Antworten der bekümmerten Matrosen wurden bestenfalls als unzureichend angesehen.

»Wo ist der entflohene Gefangene?« fragte das Blinksignal immer wieder, und die unglückseligen Männer mühten sich erfolglos ab, ihren beharrlichen Kapitän zufriedenzustellen.

»Oben in den Klippen«, signalisierten sie zurück, und »Versteckt«, und »Wissen wir nicht«, und »Dort wo er heute morgen schon war«, und ähnlich hoffnungslose Antworten, die Kapitän von Lutz in einen Zustand blinder Wut versetzten, und sein Wissen, daß ein Teil der Crew diese Antworten ablas und daß die gesamte Crew in weniger als einer Stunde alles wissen würde, trug nicht zu einer Minderung dieser Wut bei.

Entnervte Offiziere suchten die Oberfläche der Klippen mit starken Ferngläsern ab, aber es war unmöglich, Brown auf diese Weise zu sichten. Die Mannschaft kochte vor Wut über das Töten des Landungskommandos. Dem Mann, den Brown zuletzt in der Arbeitsbrücke getroffen hatte, waren beide Hüften durchschossen worden, und er hatte in Todesqual geschrien, bis der Schiffsarzt ihn endlich erreichte – und die Männer hatten seine Schreie gehört. Sie waren über ihre Offiziere verärgert und dürsteten allesamt nach dem Blut des Mannes, der ihr Schiff mit dieser Schmach beladen hatte. Und von Lutz als guter Offizier wußte das. Dieser niederträchtige Flüchtling hatte all die Vorteile, die der Sieg über die »Charybdis« bewirkt hatte, wieder zunichte gemacht, und nur sein Tod würde das gute Gefühl wiederherstellen. Von Lutz wußte sehr wohl um die Notwendigkeit eines guten Gefühls für eine Mannschaft, die sich auf eine letztlich sinnlose Zerstörungsfahrt begeben sollte, die früher oder später in einer sicheren Niederlage enden würde. Zudem durfte er nicht zulassen, daß die Männer untätig blieben. Von Lutz wurde von jedem nur denkbaren Motiv angetrieben, als er Befehl gab, daß sich der größtmögliche Trupp, wie ihn die »Ziethen« eben entbehren konnte, ohne sich dabei selbst zu entblößen, zur Landung vorbereiten sollte: zweihundert Mann. Diese Botschaft ging wie ein Lauffeuer durch das Unterdeck und wurde mit freudigem Gemurmel begrüßt.

In der Zwischenzeit mußten die Reparaturarbeiten fortgesetzt werden. Der Erste Offizier erhielt entsprechende Befehle vom Kapitän. Eine Art Blende mußte für die Arbeiter gebaut werden, so daß die Männer außer Sicht des Scharfschützen an den zerstörten Platten arbeiten könnten. Ein Arbeitstrupp machte sich eilig an die Aufgabe, Spieren und Markisen vorzubereiten – auch dies weiterer Verzug für die »Ziethen«.

Brown in seinem Horst auf der Klippe hätte Probleme mit der scheinbar schleichenden Zeit haben können, wäre er nicht so von dem Gedanken, jeden Augenblick handeln zu müssen, beherrscht gewesen. Die Sonne röstete ihn allmählich lebendigen Leibes auf dem nackten Felsen, als läge er auf einem Grill. Mehr als einmal war er dazu gezwungen, auf eine seiner zwei Wasserflaschen zurückzugreifen, und die Qual, sie nach zwei kargen Mundvoll wieder von seinen Lippen reißen zu müssen, war schlimmer, als den Durst zu ertragen, der vorherging und der darauf folgte. Eine Flasche jedoch war bereits halb leer, und Brown vergönnte sich nichts, was auch nur annähernd einem Schwelgen in der warmen, metallig schmeckenden Flüssigkeit gleichkam. Grimmig schraubte er die Flasche wieder zu und schnallte sie an seinen Gürtel. Der Krieg bietet nur wenig Schönheit – niemand konnte Schönheit in den übereinandergefallenen Körpern der Toten unter ihm oder in den gepeinigten Verwundeten, die schwach nach Wasser riefen, erkennen. Aber man hätte Schönheit in der einen Geste Browns sehen können: ein einsamer Mann – oder eher, Junge –, der unbeobachtet und ohne Befehl die Flasche, nach der ihn verlangte, dem Ruf der selbstauferlegten Pflicht folgend, wieder beiseite tat. Er biß seine kleinen weißen Zähne zusammen, während Schweiß über sein Gesicht strömte und den Lavastaub, der es überdeckte, in Streifen zu einer festen Masse werden ließ; sein Gewehr in der Hand, litt er und hielt er aus, ohne Reue, ohne Schwanken. Leiden, Selbstaufopferung und stummer Heroismus, die der Krieg fordert – wären sie nur auf Ziele gerichtet, die den Menschen weniger würdig erscheinen –, hätten in der Million

Jahre seit Bestehen der Menschheit alle Notwendigkeit des Leidens in jedem Bereich menschlichen Handelns ausgemerzt. Wäre das Brown gegenüber geäußert worden, so hätte er ein solches Ziel um keinen Preis für erstrebenswert gehalten – und ganz sicher nicht um den geforderten Preis.

Er nutzte die Pause, um den Wischstrick wieder durch den Gewehrlauf zu ziehen. Er prüfte sorgsam den Lademechanismus, denn der Lavastaub behinderte stark sein reibungsloses Funktionieren. Er zählte seine Patronen und legte sie etwas griffbereiter in die Taschen. Er dachte kurz daran, etwas zu essen, aber verwarf den Gedanken wieder; er war überhaupt nicht hungrig, und die Erregung und die auf seinen Rücken herunterbrennende Sonne würden ihn in naher Zukunft auch nicht hungrig werden lassen. Und immer noch schleppte sich die Zeit dahin.

In der Zwischenzeit planten Kapitän von Lutz und seine Offiziere, über die kärglichen Seekarten von Resolution gebeugt – bessere hätte kein Schiff auftreiben können –, den Angriff auf Brown, der diesem lästigen Zwischenfall ein Ende setzen sollte. Dieses Mal sollte nichts dem Zufall überlassen werden. Dies sollte keine Wiederholung des morgendlichen Versagens werden, als zu wenige Männer auf einen, angesichts einer Waffe größter Präzision, unmöglichen Anstieg angesetzt wurden. Der Feldzug wurde mit wirklich deutscher Gründlichkeit geplant. Alle Männer sollten Proviant und Wasser mit sich tragen. Jedem Landungskommando wurde ein Abschnitt der Insel zum Durchkämmen zugeteilt. Da der Vorrat an Gewehren begrenzt war, wurde jeder Trupp sorgsam in Treiber und Schützen eingeteilt. Diesmal sollte der Stier nicht gleich bei den Hörnern gepackt werden. Brown sollte von den Flanken aufgerollt und so dazu gezwungen werden, sich zu bewegen, bevor man ihn richtig angriff. Die Schützen in den Topps sollten weiterhin nach ihm Ausschau halten – eine Kugel konnte ebenso leicht von der »Ziethen« zur Insel wie von der Insel zur »Ziethen« gelangen. Die Jagd sollte, wenn nötig, die ganze Nacht hindurch dauern. Die Gefangennahme oder der Tod der Beute war durch ein vereinbartes Pfeifsignal zu melden, woraufhin alle Landungskommandos sofort zu den Booten zurückkehren würden. Alles nur Erforderliche schien berücksichtigt; der einzige Pferdefuß war, daß die Männer, die die Pläne ausgearbeitet hatten, sich immer noch nicht bewußt waren, was es bedeutete, sich auf der Insel zu bewegen.

Brown, der die schleppenden Minuten müßig hinbrachte, wurde plötzlich auf hektische Betriebsamkeit an Bord der »Ziethen« aufmerksam. Die Blinksignale in deutsch waren ihm natürlich unverständlich, und sie waren – vor zwei Stunden – das letzte für ihn bemerkbare Ereignis gewesen. Jetzt zeigten sich hier und dort wieder Männer auf dem Oberdeck und dem Bootsdeck. Sie traten so wenig wie möglich in Erscheinung, und Brown, der Schüsse abfeuerte, sobald sich die Gelegenheit bot, trieb sie noch mehr zur Eile an. Er traf mindestens vier Männer, die auf das Oberdeck stürzten und still dort liegenblieben oder in Deckung krochen, und seine Schüsse wurden von verborgenen Schützen auf dem Schiff beantwortet, die aber nichtsdestotrotz seine genaue Position nicht kannten, und deren Bemühungen ihn deshalb nicht sonderlich belästigten. Plötzlich wurde eine Spiere an der Steuerbordseite achtern zur Brücke herausgefahren (Brown konnte zweimal in die kleine Gruppe feuern), und daran hing ein langer Markisenstreifen, der ihm aus seiner augenblicklichen Position die Sicht auf die beschädigte Fläche nahm. Gleichzeitig wurde ein zweiter Sichtschirm aus Segeltuch am Heck hinauf über das Oberdeck geführt, und trotz seiner erhöhten Position konnte er nicht ganz darüber hinweg sehen. Er schickte zwar drei Kugeln hindurch, aber dann fiel ihm ein, daß dies nur reine Verschwendung kostbarer Munition war. Das Blinksignal auf der Kommandobrücke arbeitete wieder wild, und als Antwort auf diese Meldung verließen die drei unglückseligen Männer mit der Dampfpinasse den schützenden Felsen und schossen zum Schiff zurück. Das Boot fuhr auf reichlich sprunghaftem Kurs, denn der Steuermann lag, im verzweifelten Versuch, das Feuer zu vermeiden, unter dem Schandeckel flach auf dem Rücken; Brown konnte dem Boot keinen Schaden zufügen, und bald raste es um das Heck der »Ziethen« herum in Sicherheit. Der Lärm des Treibens und der Betriebsamkeit schallte über die Lagune an Browns Ohren, aber die Blenden verbargen alles bis auf das Heck, die Aufbauten und die Steuerbordseite bis zur Außenbordmarkise vor seinem Blick, und er konnte sich keine genaue Vorstellung davon machen, was dahinter vorging. Das sollte er allerdings sehr bald erfahren.

Vier Boote kamen um das Heck der »Ziethen«, hinter dem sie außerhalb seines Blickfeldes bemannt worden waren. Die Dampfpinasse hatte die drei anderen im Schlepptau, und alle vier waren voll mit Männern besetzt. Gleichzeitig stieg ein höllisches Gewehrfeuer von der »Ziethen« auf, aber jetzt wurde eine zusätzliche Waffe eingesetzt: zwei Maschinengewehre wüteten vom Fockmast der »Ziethen« gegen ihn, kreuzten langsam die Breite des Gebietes, in dem sie ihn vermuteten, und tasteten so die ganze Klippe ab. Die Kugeln ließen überall Staub aufwirbeln; hier und dort kippten Kakteen, ihre fleischigen Stämme durchtrennt. Brown zwang sich dazu, in diesem Bleihagel klar zu denken. Er konnte nichts tun, um die Boote zu stoppen – der Tod von einem Dutzend Männer würde sie nicht aufhalten – und um feuern zu können, mußte er sich in dem tödlichen Kugelhagel etwas aufrichten. Das Risiko war zu groß. Brown drückte sich tiefer in die Grube oben auf dem Sattel, kauerte hinter den zwei Lavablöcken, die ihm bereits so gute Dienste geleistet hatten. Der Aufprall einer Kugel gegen einen dieser Blöcke, und der Klang anderer, die über ihn hinwegpfiffen, ließen diese Entscheidung sehr bald als überaus weise erscheinen. Schließlich war der Sturm vorbei.

Brown drehte sich vorsichtig auf dem Bauch herum, sah zwischen den Blöcken hindurch, konnte nichts sehen, drehte sich noch weiter herum, so daß er an ihnen vorbeischauen konnte. Die Boote steuerten nicht direkt auf ihn zu, sondern waren zur Öffnung der Lagune hinausgefahren und drehten, gerade als er sie erblickte, nach Backbord, zu seinem Teil der Insel, aber auf der äußeren, der Meeresseite. Seine Position sollte also von hinten aufgerollt werden. Dann blickte Brown ängstlich zur Sonne; sie würde noch drei Stunden am Himmel stehen – Gott sei Dank, nur drei Stunden.

Der beharrliche Aufprall der Kugeln aus den Maschinengewehren hatte eine kleine Steinlawine dreißig Meter zu seiner Rechten in Gang gesetzt, und dieses Vorkommnis lenkte die Aufmerksamkeit aller Scharfschützen an Bord auf sich; Kugeln hagelten auf den Fleck, bis sich eine riesige Staubwolke daraus löste und von der kaum bemerkbaren Brise davongetragen wurde. Dann hörte das Feuer auf; ungeheure Mengen Munition waren verbraucht worden, und auf einem zur Kaperfahrt bestimmten Kreuzer darf selbst die Munition für leichte Waffen nicht knapp werden. Vom Schiff wehte das Klappern und Summen von Maschinen und das Knarren von Tauwerk herüber. Brown wußte, daß die Reparaturarbeiten fortgesetzt wurden, und er wußte auch, daß es sehr schwer für ihn sein würde, sie zu unterbrechen; verzweifelt runzelte er die Stirn. Aber während seine Seite der Klippe von einem Dutzend Ferngläser abgetastet wurde, während zwanzig Scharfschützen mit dem Finger am Abzug gierig auf jedes Anzeichen von Bewegung warteten, wagte er es nicht, offen seine Position zu verändern, so daß er an der Sichtblende vorbei hätte schießen können. Zudem wußte er, daß hinter ihm die Männer am äußeren Rand der Insel landeten; bald würden sie die hinteren Hänge hochklettern und schließlich den Kamm erreichen. Sein Felssattel konnte von ein oder zwei Punkten auf dem Kamm eingesehen werden. Wenn der Feind einen dieser Punkte bei Tageslicht erreichte, bedeutete das seinen sicheren Tod. Doch wenn er seine Position bei Tageslicht veränderte, bedeutete das ebenfalls seinen sicheren Tod. Sein Leben hing vom Heraufkommen der Dunkelheit ab. Es sollte selbstverständlich sein, daß der mögliche Verlust seines Lebens Brown nicht sonderlich berührte; er war noch nicht von Todesangst gepackt. Er betete nur um die Möglichkeit, das Verweilen der »Ziethen« vor Resolution weiter zu verlängern. Mit verbissener Hartnäckigkeit lag er in seinem Felssims und wartete auf die Nacht – oder Gewehrfeuer vom Kamm, das seinen Tod einleiten würde. Es liegt eine erhabene, absolute Befriedigung darin, auf seinen Tod zu warten, wenn man alles getan hat, ihn abzuwenden. Brown erfuhr diese Befriedigung, als er weiterhin geduldig den Kreuzer unter sich beobachtete, für den Fall, daß sich wieder eine günstige Gelegenheit bieten sollte.

15

Die Dampfpinasse, jetzt mit leeren Booten im Schlepptau, kam plötzlich in der Öffnung der Lagune in Sicht und raste auf die »Ziethen« zu; eine Viertelstunde später kam sie mit einer zweiten Bootsladung Männer wieder hinter der »Ziethen« hervor. Und wieder eröffneten Maschinengewehre und Gewehre das Feuer vom Schiff auf die Klippen, um Brown vom Schießen abzuhalten, doch wie zuvor hatte er keine Absicht, das zu tun. Aber er sah, daß die Boote wie beim ersten Mal nach Backbord drehten, bevor sie hinter den Klippen aus seinen Blickfeld verschwanden. Das bedeutete, daß das Durchkämmen der Insel durch eine Front von Männern auf eine bestimmte Strecke begrenzt sein würde; um ihnen zu entkommen, mußte er sich nur genügend weit auf eine

Seite der Insel schlagen. Zweihundert Mann, das war Browns exakte Schätzung ihrer Stärke, in zehn Metern Abstand aufgestellt, deckten eine Strecke von zweitausend Metern ab, während der äußere Umfang Resolutions ungefähr viertausend Meter betrug. Wenn er eine Chance zu entkommen haben wollte, mußte er sich zu einem Punkt auf der anderen Hälfte der Insel bewegen.

Doch bis zum Einbruch der Nacht konnte er sich nicht rühren. Er wartete voll ängstlicher Geduld, jede Minute konnte vom Kamm der Insel aus das Feuer auf ihn eröffnet werden. Sogar Brown mit seiner stoischen, gedankenlosen Hingabe an Schicksal und Pflicht warf ängstliche Blicke zum Himmel, dorthin, wo die Sonne langsam sank.

Die seewärts gerichtete Seite von Resolution ist der inneren Seite sehr ähnlich, bis auf den Anstieg, der hier sehr viel weniger steil ist. Die innere Seite ist die fast senkrechte Wand des Kraterschlundes; die äußere Seite bildet der flacher abfallende, gehärtete Lavastrom. Aber auf dieser äußeren Seite sind die Lavablöcke wegen des plötzlichen Erkaltens ebenso messerscharf und ebenso schwierig zu begehen, sind die Kakteen ebenso undurchdringlich. Das deutsche Landungskommando ging mit deutscher Gründlichkeit vor. Die erste Hälfte der Männer wurde in gleichen Abständen entlang der Küste aufgestellt und mußte warten, bis die zweite Hälfte vom Schiff herübergebracht und ebenso verteilt worden war. Jeder Mann kannte seine Pflicht, er hatte auf dieser Seite der Insel den Hang vor sich hinaufzustürmen, dabei exakt Reihe und Abstand einzuhalten und jeden Busch und jede Spalte nach dem Flüchtling zu durchsuchen. Der befehlshabende Leutnant raste in der Dampfpinasse vom einen Ende der Linie zum anderen, sah, daß alles seine Ordnung hatte, und nahm seine Position in der Mitte der Front ein. Dann gab er Befehl aus, und die Reihe begann den Aufstieg.

Wäre nur nicht diese exakte Aufstellung gewesen! Der mühselige Aufstieg an der zur See gerichteten Seite reduzierte sich damit notwendigerweise auf das Tempo des Langsamsten, und der Langsamste war sehr langsam. Erst wenn man es wirklich versuchte, konnte man die höllischen Schwierigkeiten erahnen, die jedes Vorankommen auf Resolution bedeutet. Die unsagbare, von den Felsen zurückgeworfene Hitze – die das Festhalten mit nackten Händen fast unmöglich machte – war die geringste aller Schwierigkeiten. Kakteen und Lava zerrissen Füße und Hände. In der ersten halben Stunde wurden zwei Fußgelenke verstaucht. Die schwerfällige, starre Reihe machte erbärmlich langsame Fortschritte. Fast sofort wurden die schwitzenden, fluchenden Matrosen vom Durst befallen, und die Feiglinge unter ihnen – und es gibt immer Feiglinge unter einer größeren Gruppe Männer – fielen allmählich zurück und hielten ihre Kameraden auf. Die aufgebrachten Offiziere gaben mit gutem Beispiel und Kraftaufwand ihr Bestes, um die Männer in Bewegung zu halten, aber ein eingepferchtes Leben auf einem Kreuzer in den Tropen ist nicht gerade das beste Training für eine schwierige Bergbesteigung. Hier und dort waren Teile der Insel wirklich unüberwindlich, und die Männer waren gezwungen, nach links oder rechts auszuweichen, um überhaupt voranzukommen; aber sobald das Hindernis überwunden war, hielten die kleinlichen Offiziere in pedantischem Befehlsgehorsam ihren jeweiligen Abschnitt der Linie an, um die Lücken wieder zu schließen. Dank der Krümmung der Insel und der mörderischen Schroffheit ihrer Oberfläche konnte niemand sehr weit nach rechts oder links blicken, so daß jeder Versuch des Leutnants, die gesamte Linie zu kontrollieren, aussichtslos war. An die ersten starren Orders gebunden, kroch die Front die Seite der Insel in einem so langsamen Tempo hoch, daß selbst der Langsamste unter ihnen allein schneller vorangekommen wäre.

Eine Stunde vor Einbruch der Dunkelheit (und das hieß, mindestens eine Stunde später, als er den Kamm zu erreichen gehofft hatte) schickte der entnervte Leutnant den Befehl die Reihe entlang, daß jeder Mann sich so schnell vorwärtsbewegen sollte, wie er konnte. Aber es braucht seine Zeit, bis ein Befehl von Mund zu Mund entlang einer Reihe weitergegeben wird, und als der Befehl kam, war erst ein Drittel der gesamten Strecke bewältigt worden. Die Sonne versank grell im purpurfarbenen Meer, und die Nacht brach mit dramatischer Geschwindigkeit herein; auf Brown war immer noch kein Feuer eröffnet worden, und zweihundert deutsche Matrosen waren in der Dunkelheit über eine Meile knochenbrechender Felsmassen verstreut und ihnen ausgeliefert.

Brown wartete mit stoischer, unnachgiebiger Geduld auf völlige Dunkelheit. Den ganzen Nachmittag lang hatte er den Hang hinuntergespäht und in Gedanken einen abwärtsführenden Pfad aufgezeichnet – hier einen Halt für die Hand, dort einen für den Fuß, dort ein Hang zum Hinabrutschen. Als die Nacht kam, war er bereit; seine Hände waren mit aus der Jacke gerissenen Streifen umbunden, seine Ausrüstung festgezurrt, sein Geist so entschlossen wie zuvor. Er war froh, daß das deutsche Landungskommando ihn nicht gefangen hatte, aber es war eine gemäßigte Freude, die in keiner Weise mit Dankbarkeit verwechselt werden durfte. Ohne Bedauern, nur die bevorstehende Aufgabe im Kopf, stieg er von der Felsplatte hinunter, die ihm zwölf Stunden lang als Festung gedient hatte, und schwang sich hinab. Die grausame Lava riß und zerrte an ihm, als er die Klippe hinabrutschte und – stürzte. Die messerscharfen Grate zerfetzten seine Schuhe und schnitten tief in seine Füße. Die Kakteenstacheln kratzten lange Risse in seinen Körper und hinterließen Spuren wie von Tigerklauen. Ein Fußgelenk und sein Knie erlitten Zerrungen, so daß beide qualvoll schmerzten. Aber er hielt sich an seine im Geiste vorbereiteten Zielpunkte, und nach relativ kurzer Zeit hatte er bereits den hundert Meter langen Abstieg überwunden und erreichte seinen Landungsplatz vom Tag vorher.

Das erste, zum Untergang verdammte deutsche Landungskommando hatte die Küste etwa hundert Meter zu seiner Rechten erreicht, und dort lagen auch die übereinandergestürzten, die gefallenen Körper der Toten und dazwischen das Dutzend Verwundeter, deren klägliche Schreie den ganzen Nachmittag an Browns Ohren geklungen waren. Gern wäre Brown zu ihnen getreten, hätte versucht, ihre Wunden zu pflegen, hätte ihnen das Wasser gegeben, nach dem sie unaufhörlich stöhnten, hätte solches Tun nicht die Erfüllung seiner Pflicht gefährdet. Aber so verschloß er seine Ohren vor den klagenden Lauten, wie er es bereits den ganzen Tag über getan hatte, und folgte seiner Pflicht. Nichts konnte gegen seine Auffassung von dem, was er zu tun hatte, in die Waagschale geworfen werden. Mehrere der Verwundeten starben in dieser Nacht.

Seine zwei Rettungsringe lagen noch in dem Kakteenbusch; er zog sie heraus und schnallte sie um sich und sein Gewehr, wie schon in der Nacht davor. Dann ließ er sich ins Wasser hinunter und begann, die Lagune zu überqueren. Das Meerwasser verschlimmerte brennend den Schmerz seiner Riß- und Schnittwunden.

Die Deutschen hatten den Fehler begangen, einem der bekanntesten Grundsätze der Kriegsführung Napoleons zuwiderzuhandeln – man sollte stets nur um einen Fixpunkt herum manövrieren. Um das zu tun, hätte Brown festgehalten, durch eine Bedrohung von vorn an seinem Platz festgenagelt werden zu müssen. Mit dem Eintreten der Dunkelheit aber konnte er sich, soweit seine körperliche Verfassung es zuließ, frei bewegen, und das bedeutete, solange ihm die Lagune offenstand, eine sehr weite Strecke. All die Manöver der Deutschen, all ihre Angriffe in seinem Rücken und in seinen Flanken waren sinnlos. Ihre Schläge gingen in die Luft, solange Brown ihnen ausweichen konnte.

Brown schwamm in fünfzig Metern Abstand zur Küste ruhig über die Lagune und bemühte sich dabei, nicht zu nahe an die »Ziethen« heranzukommen. Weit hinter ihm, auf der ihm abgewandten Seite der Insel, plagten und mühten sich die unglückseligen deutschen Matrosen, einen steinigen Weg über die Lava zu finden. Zerschnittene Füße, verstauchte Knöchel und gebrochene Handgelenke traten immer wieder auf. Die Insel schien plötzlich lebendig mit dem Klirren und Rasseln der stolpernden Füße und der gegen die Felsen schlagenden Gewehre. Niemand weiß, wer den ersten Schuß feuerte. Vermutlich war es ein unglücklicher Zufall, die Folge des Sturzes eines Trottels (man findet immer Trottel in einer Gruppe von zweihundert Männern), der eine Patrone in seiner Gewehrkammer hatte. Der Knall hallte weit durch die Dunkelheit. Brown hörte ihn, als er durch die Lagune paddelte und wunderte sich. Das Beispiel war ansteckend. Konfuse Männer entlang der gesamten sich vorwärtskämpfenden Linie fingen an, ihre Gewehre zu laden, und es dauerte nur wenige Sekunden, bevor die Gewehre auch losgingen. Die verschreckten Leguane, Nachttiere, die über Felsen und um Büsche herumhuschten, erschreckten mehrere der Männer, und bis endlich die Pfiffe der Offiziere und die gebrüllten Befehle dem Feuer ein Ende setzten, herrschte auf der Insel ein riesiger Tumult. Erstaunlich nur, daß die Hunderte von Kugeln, die in alle Richtungen pfiffen, niemanden verletzt hatten. An Bord der »Ziethen« wurde der Krach als willkommener Beweis dafür angesehen, daß der mordende Flüchtling sein Ende gefunden hatte. Währenddessen schwamm Brown ruhig seine Bahn über die Lagune bis zu einem Punkt jener Küste, der die »Steuerbordseite der »Ziethen« genau gegenüber lag. Hier fand er mit einiger Schwierigkeit einen Platz, an dem er an Land gehen konnte, und hier ließ er ein zweites Mal seine Rettungsringe in einen Kakteenbusch fallen. Dann biß er die Zähne zusammen und machte sich an den Aufstieg des steilen Hangs.

Aber seine Schnittwunden und Prellungen, sein steifer Körper und seine fürchterlich zerschundenen Füße, reduzierten seine Beweglichkeit auf ein klägliches Minimum. Er mußte klettern, wenn er die »Ziethen« einen weiteren Tag behindern wollte. Er mußte hoch genug liegen, wenn er Angriffe von der Küste abschlagen und das Deck der »Ziethen« übersehen wollte. Zudem mußte er unter einem überhängenden Vorsprung liegen, wenn er gegen Feuer von oben gedeckt sein wollte, und es war empfehlenswert, zusätzlich Deckung an seiner Rechten und Linken zu finden, da die Insel vor Schützen wimmelte, die alle seinen Tod suchten. Was er brauchte, war etwas wie eine Höhle auf halber Höhe des Hanges, und danach spähten seine Augen im Licht des spät aufgehenden Mondes, während er sich krampfhaft und qualvoll bemühte, die vielen Abgründe des Felshanges zu überwinden.

Das Gewehr und die Munition waren ihm in seinem Vorankommen äußerst hinderlich; Schweiß strömte an ihm herunter, und sein Gesicht verzerrte sich vor Anstrengung bei jedem Tritt. Seine Füße und seine Hände hinterließen auf jedem Felsen, nach dem er griff, blutige Spuren. Aber er kämpfte sich voran, nach oben, seitwärts, wo er im schwachen Licht vermeinte, einen flachen, waagerechten Vorsprung im Felsen ausmachen zu können, der seinem Zweck vielleicht entsprechen konnte. Mitternacht war lang vorbei, als er ihn erreichte, prüfte und trotz des heftigen Widerstands seiner Nerven und Sehnen sich zu einem weiteren Vorwärtsringen erhob, um noch etwas höher, zu einem noch geeigneteren Platz zu klettern. Dort fiel er halb bewußtlos auf die harte Lava.

Aber selbst dann, nach einer halbstündigen Ruhepause, zwang er sich zum wachen Bewußtsein zurück, erhob seinen Kopf und betrachtete die »Ziethen«, deren feindselige Masse im schwachen Licht schwarz auf dem magischen Wasser der Lagune schwamm. Auf ihrer Steuerbordseite, im rechten Winkel zu ihm, hing ein matter Lichtfleck, und der Lärm von Niethämmern drang über das Wasser. Das Loch in der Schiffsseite, fast gänzlich abgeschirmt, war durch elektrische Lichter erhellt, die über die Seite hingen, und dort arbeiteten die Reparaturtrupps, um die beschädigten Platten zu ersetzen und den Verzug von sechs Stunden, den Brown ihnen aufgezwungen hatte, wieder wettzumachen. Durch Lücken in der äußeren Leinwand konnte Brown gelegentlich menschliche Gestalten sehen, die sich bewegten, und mit einem Seufzer ermüdender Entschlußkraft schob er sein Gewehr nach vorne. Aber er gebot sich selbst Einhalt, als sein Finger den Abzug erreichte. Nach all den Anstrengungen zitterte er zu stark, um sicher zu sein, sein Ziel nicht allzuoft zu verfehlen. Zudem fällt ein Schütze, so unsichtbar er bei Tageslicht auch sein mag, in der Dunkelheit durch das Mündungsfeuer seiner Waffe nur allzu leicht auf. Mit Feinden in großer Nähe wagte er es nicht (aus Liebe zu seiner Pflicht, nicht zu seinem Leben), sich dieser Gefahr auszusetzen, ohne die Möglichkeit zu haben, das Feuer entsprechend zu erwidern. Browns kämpfender Geist wog alle diese Bedenken ab, während jede Faser seines Körpers gequält aufschrie, und er kam zu einem weisen Schluß. Er legte das Gewehr beiseite und fiel dann, bevor er sich überhaupt bequem lagern konnte, über dem Gewehrlauf zusammen. Niemand weiß, ob er ohnmächtig wurde oder schlief oder ob beides zutraf. Inzwischen stolperten und fluchten die zweihundert Männer des Landungskommandos weiter bei ihrem Versuch, die Insel im Sturm zu nehmen, und immer noch löste sich der eine oder andere Schuß, wenn die Anspannung zu sehr an ihren Nerven zerrte.

16

Brown erwachte aus dem Schlaf, oder der Ohnmacht, gerade als die Morgendämmerung leuchtend am Himmel heraufzog. Seine erste Handlung war, ein wenig aus den rapide schwindenden Vorräten seiner zweiten Wasserflasche zu trinken. Seine zerborstenen Lippen, sein mit Lavastaub gefüllter Mund und Rachen ließen ihm keine andere Wahl. Hartnäckig vergewisserte er sich dann seiner Position und seiner Situation. Er spähte aus der Spalte im Felsen heraus, hievte sich dafür schwerfällig auf die Knie, und sah ein Dutzend weißer Gestalten, die oben auf dem Kamm der Insel, eine Viertelmeile von ihm entfernt, langsam entlangkrochen. Am Innenhang der Insel, etwa an seinem vorherigen Platz, saßen etwas unsicher ein Dutzend andere hier und dort auf Felsvorsprüngen, immer noch bemüht, den phantastischen Befehl auszuführen, die Insel vom Meer zur Lagune hin zu durchkämmen. Den Rest des Landungskommandos konnte Brown nicht sehen, aber er konnte gewisse Vermutungen anstellen. Sie waren immer noch verstreut über die Außenseite von Resolution verteilt, kämpften sich vielleicht weiter voran, pflegten vielleicht ihre zerschnittenen Füße oder gebrochenen Fußgelenke, schliefen oder drückten sich, wie unbeaufsichtigte Männer zu tun pflegen, um ihre Pflicht. Brown duckte sich wieder in seine Spalte; er konnte nicht beobachtet werden und war von beinahe jedem Punkt der Insel aus außer Sichtweite.

Vor ihm jedoch lag die »Ziethen« in voller Sicht. Die bunten Markisen hingen wie ein an der Seite angebrachter Kasten über den beschädigten Teil, allerdings ein an einer Kante zerrissener Kasten. Durch die Lücke konnte Brown gelegentlich eine weiße Gestalt auftauchen und verschwinden sehen, obwohl der Lärm der Hämmer im Augenblick nicht zu hören war. Denn nachdem die beschädigten Platten entfernt worden waren, bestand die augenblickliche Aufgabe darin, die neuen Platten herunterzulassen, so daß sie in ihrer Position festgenietet werden konnten. Wegen der Taue, die diese Arbeit verlangte, waren die Spieren der Leinwand ein wenig verrückt worden und ließen die von Brown bemerkte kleine Lücke entstehen; und nachdem Brown das Schiff seit fünfzehn Stunden nicht unter Beschuß genommen hatte, war dort eine gewisse Sorglosigkeit eingezogen, ganz von der Tatsache abgesehen, daß die »Ziethen« glaubte, und glauben mußte, daß das Landungskommando Brown bereits vor einigen Stunden getötet hatte.

Brown zog den öligen Lumpen wieder durch den Gewehrlauf, ölte die Ladekammer, die jetzt schon arg sperrte, und viesierte sorgsam die Lücke im Sichtschutz an. Er wartete auf den günstigsten Augenblick, feuerte dann in schneller Folge zweimal und tötete die zwei Männer, die er sah. Dann schoß er, um den größten Gewinn aus der Überraschung zu schlagen, immer wieder durch die Leinwand und streute dabei seine Schüsse kreuz und quer. Obwohl er es nicht wußte, traf er dabei ein oder zwei Männer, und auch seine Fehlschüsse waren äußerst wirkungsvoll, da sie die Männer, die sie verfehlten, verschreckt aufspringen ließen. Der Augenblick, in dem eine zehn Tonnen schwere Stahlplatte in den Seilen hängt, ist kein sehr günstiger Moment, um beschossen zu werden.

Das Töten, die Verletzungen und die Unterbrechung steigerten die Wut auf der »Ziethen« zu einem bisher unerreichten Grad. Die Männer an Bord waren außer sich über den Tod ihrer Kameraden und wütend und verärgert über das Landungskommando, das so kläglich bei seiner Aufgabe versagt hatte. Kapitän von Lutz setzte das Blinksignal auf der Kommandobrücke kochend vor Wut in seinen staccatoartigen Gang, und der unglückselige befehlshabende Leutnant an Land, der nach einer schlaflosen Nacht fieberhafter Aktion mit wunden Augen den Kamm entlangstolperte, las die ausgeschickten Botschaften mit sinkendem Herzen. Die bedeutungsvollen Sätze, mit denen Kapitän von Lutz heftig nachfragte, was denn zum Teufel der Leutnant und das Landungskommando dort täten, und die die Blinksignale über die Lagune sandten, trafen den unglücklichen Offizier ins Innerste. Ein japanischer Leutnant hätte Selbstmord begangen: ein deutscher Leutnant raffte nur seine letzten Kraftreserven auf und versuchte, einen Trupp weniger Mutloser zu sammeln und weiter auf der Insel vorzudringen, um Browns Versteck aufzuspüren.

An Bord der »Ziethen« wurde die Arbeit kurzzeitig eingestellt – ein weiterer Triumph Browns. Zu viele ausgebildete Matrosen waren bereits verloren, als daß der Kapitän den ihm verbleibenden Männern befehlen konnte, sich Browns Kugeln auszusetzen, die dieser in Abständen durch die Leinwand jagte. Statt dessen beschloß er, die »Ziethen« vom Angriffspunkt abzuwenden, aber einen schwerfälligen Kreuzer, der fünfhundert Fuß lang ist und zudem schwere Schlagseite hat, in einer Lagune zu drehen, in der die Strömung wie ein Strudel wirbelt, ist ein Manöver, auf das Vorsicht und viel Zeit verwandt werden muß. Die zwei Anker mußten gelichtet, die Schiffsschrauben in Gang gesetzt und die »Ziethen« vorsichtig in Position gebracht werden; dann mußte wieder ein Anker ausgefahren, der Richtung der Strömung entgegengesteuert und der zweite Anker ausgefahren werden – der Meeresboden des unausgeloteten Kraters eignete sich nur an wenigen Stellen zum Ankern. Insgesamt dauerte es eine Stunde, ehe das schwierige Manöver beendet war und das ebenso schwierige Unterfangen, die neuen Platten in ihre Position zu bringen, wieder in Angriff genommen werden konnte. Schließlich hörte Brown das Schlagen der Niethämmer und wußte, daß die Verzögerungen, die er der »Ziethen« aufgezwungen hatte, sich dem Ende näherten.

Aber das Bemühen des Landungskommandos war noch im vollen Gange. Der Leutnant hatte es schwer, etwas auch nur annähernd einer Front Gleichkommendes über die Insel voranzutreiben. Seine zweihundert Mann waren über eine Meile fast unbegehbaren Landes verstreut, und plötzlich schob sich das Problem der Vorräte in den Vordergrund und bürdete eine weitere Last seinen überladenen Schultern auf. Jeder Mann war mit der Wasserration für einen Tag gelandet; und nun hatten sie sich fast vierundzwanzig Stunden aufs äußerste verausgabt, und neun von zehn Männern hatten bereits vor mehreren Stunden den letzten Tropfen Wasser verbraucht. Die Äquatorsonne, die allmählich ihrem Zenit zu stieg, lenkte die Aufmerksamkeit eines jeden auf seinen unstillbaren Durst. Der unglückliche Leutnant signalisierte seinem Kapitän, daß ohne Wasser keine Hoffnung auf Vorankommen bestand. Der Kapitän signalisierte wütend zurück, aber der Leutnant bestand unter dem Zwang furchtbarer Notwendigkeiten auf seiner Forderung. Der Kapitän schickte ihm, kochend vor Wut, Wasser zur Insel hinüber, aber gleichzeitig auch seinen Ersten Offizier, der das Kommando übernehmen sollte und der den strikten Befehl hatte, nicht zurückzukommen ohne Brown – tot oder lebendig.

Denn die moralische Lage war ernst. Kein Kapitän konnte daran denken, sich mit einer Mannschaft auf eine lange und mühselige Fahrt zu begeben, deren Stimmung so schlecht war wie die auf der »Ziethen«. Vierunddreißig Männer tot oder verwundet (ihr Verlust allein würde bei Beutezügen ein großes Hindernis darstellen) und zwei unrühmliche Niederlagen hatten die Disziplin in beträchtlichem Maße gestört. Wenn die »Ziethen« Anker lichten würde, ohne Rache an Brown zu üben, würde die Mannschaft allen Respekt vor ihren Offizieren verlieren. Und die Disziplin würde auf einer Kaperfahrt mit ihren zwangsläufigen Begleitumständen, wie Kohle auf See zu übernehmen, Kriegsbeute zu machen, und bei der ständigen Aussicht auf ein Gefecht, schwer gefordert werden. Kapitän von Lutz erwog alle Faktoren und beschloß, daß Brown sterben mußte, selbst wenn sie dafür ihren gefährlichen Aufenthalt in Landnähe verlängern und ihre Raubzüge auf britische Schiffe verschieben mußten.

Also wurde das Wasser hinübergeschickt, und der Erste Offizier übernahm das Kommando; es war für ihn keine leichte Verantwortung. Um das Wasser unter seinen verstreuten, müden Leuten zu verteilen, von denen jeder dort festsaß, wo er war, fast wie eine Fliege, die am Fliegenpapier festklebte, brauchte er kostbare Stunden Zeit und den Großteil der Energie der zwanzig Mann, die er als Verstärkung mitgebracht hatte. Es war bereits Nachmittag, als er sich in Bewegung setzen konnte, und zu der Zeit war das

Nieten auf der »Ziethen« beendet und sie war wieder ein heiles Schiff, bereit, von Resolution abzudampfen. Brown wurde jetzt die Ehre zuteil, ihre Abfahrt noch länger zu verzögern – für die Zeit, die er brauchte um zu sterben.

Der Erste Offizier griff energisch durch. Er schickte die Verwundeten – mit Hitzschlag, gebrochenen Knöcheln, zerschnittenen Füßen – den Hang hinunter zu dem Ort, an dem die erste Landung erfolgt war. Dort erhielten auch die Männer, die Brown am Tag vorher angeschossen hatte, endlich Pflege und Wasser. Die Toten und Verwundeten wurden zum Schiff zurückgeschickt. Aber all das war von nebensächlicher Bedeutung angesichts der Aufgabe und Planung des Ersten Offiziers. Nachdem er die schwächeren Elemente aus seiner Truppe ausgelesen hatte, fuhr er fort, den Kamm der Insel zu überqueren, während ein voll bemanntes Boot bereitlag, um jederzeit zu jedem ihm signalisierten Ort zu rudern, und ein zweites Boot mehr Männer durch die Öffnung der Lagune brachte, um jeden Versuch Browns zu vereiteln, dem Angriff wieder auszuweichen. Der Erste Offizier, der die Erklärungen des Leutnants, dessen Aufgabe er übernommen hatte, verächtlich beiseite fegte, erkannte immer noch nicht die Hoffnungslosigkeit, sich auf der Insel fortzubewegen, oder wenn er es tat, war es ihm gleichgültig, wieviel Zeit die Aufgabe in Anspruch nahm, so lange sie nur gründlich erledigt wurde. Von der Kommandobrücke der »Ziethen« aus hatte er das Mißlingen des ersten Frontalvorstoßes beobachtet, und er würde nicht ein zweites Mal ein Dutzend Menschenleben auf diese Art wegwerfen. Diese langen, ermüdenden Flankenbewegungen waren die einzige Alternative, und er führte sie stoisch aus. Nichtsdestotrotz, der Mut seiner Männer war nach einem Tag mit wenig Wasser und einer rastlosen Nacht an einem Tiefpunkt angelangt, und er konnte nur erbärmlich langsame Fortschritte machen. Die Nacht kam, und seine Männer waren immer noch hoffnungslos in den Klüften von Resolution gefangen. Die Nacht kam, und auch Brown lag noch in seiner Felsspalte; von Durst gequält, fuhr er mit seiner trockenen Zunge über seine aufgerissenen Lippen. Vom Schmerz in Händen und Füßen geplagt, jeder Teil seines Körpers von grausamen Fliegen zerstochen, verschwendete er keinen einzigen Gedanken an Kapitulation. Es kam ihm überhaupt nicht in den Sinn. Es entsprach weder seinem Erbe noch seiner Erziehung.

17

Herr Hans Schmidt lag friedlich und geräuschvoll schlafend auf seiner Veranda in Panama. Er lag auf dem Rücken; während er einschlief, hatte er seine Hände über dem Bauch gefaltet, aber nach einiger Zeit waren sie die Wölbung hinuntergerutscht und lagen jetzt auf seiner Brust, so daß seine Haltung die völligen Friedens war. Neben ihm schlief Frau Schmidt, ebenso friedlich, wenn auch weniger geräuschvoll; denn die Schmidts hielten an der guten alten Tradition des ehelichen Doppelbetts fest, trotz der Tropenhitze.

Und Herr Schmidt hatte vollen Anspruch auf den friedlichen Schlaf, der aus dem Gefühl erfüllter Pflicht herkam. Er war Leiter der deutschen inoffiziellen Vertretung an der pazifischen Küste, und all seine bisherige Arbeit war gründlich und erfolgreich gewesen. Er hatte verirrte Botschaften über die Stärke von Admiral Craddocks Geschwader aufgelesen und sie an Admiral von Spee weitergeleitet, und das Ergebnis hatte sich bei Coronel gezeigt. In Guayaquil und Callao lagen Kohlenschiffe zum sofortigen Absegeln bereit – eines von ihnen dank großangelegter Verteilung von Geldern und Jonglieren mit Papieren sogar unter britischer Flagge. Sollte Graf Spee plötzlich von Cornel wieder nach Norden fahren, so würden große Mengen bester Waliser Kesselkohle auf ihn warten, und falls die »Ziethen« unerwartet auftauchen sollte, würde ihr die gleiche freundliche Begrüßung zuteil werden. Überall waren Agenten auf der Suche nach Bruchteilen von Information, die sie ihm berichteten, so daß er sie zusammenfügen und weiterleiten konnte. Er wußte alles über den britischen Kreuzer vor Westindien, und er konnte alle Beobachtungsschiffe nennen, falls deutsche Handelszerstörer zu den atlantischen Häfen Amerikas auslaufen sollten; er wußte zwar nichts von der Flotte Admiral Sturdees, die in England ausgerüstet wurde, aber das war nicht seine Schuld. Die Entdeckung der Existenz eines solchen Geschwaders war die Aufgabe der Zentrale, die kläglich versagte. Nein, Schmidt hatte alles getan, was von ihm erwartet werden konnte, und er hatte vollen Anspruch auf den friedlichen Schlaf, der ihn umfing, und aus dem er bald so rüde gerissen werden sollte.

Das Telefon neben dem Bett läutete schrill, und Schmidt schreckte auf und blinzelte heftig, um den Schlaf zu vertreiben.

Neben ihm murmelte unfreundlich seine Frau etwas, drehte sich auf ihre Seite des Bettes und strich ihr wirres Haar aus den Augen. Sie knipste das Licht an, während Schmidt das Moskitonetz beiseite schob und nach dem Telefonhörer griff.

Die ersten Laute, die an sein Ohr drangen, waren anscheinend sinnloses Kauderwelsch, aber das schien ihn nicht zu stören. Er antwortete ebenso in Kauderwelsch, und nachdem so Losungswort und Parole ausgetauscht waren, konnte der Agent gefahrlos seine Neuigkeiten in Herrn Schmidts offenes Ohr ergießen. Der schnelle Redefluß in Deutsch übermittelte eine Wichtigkeit, die Herrn Schmidt erstaunt auffahren ließ.

»Was?« fragte er. »Wo sind sie jetzt?«

»Sie passierten gerade Gatun, als ich das erste Mal versuchte anzurufen«, sagte die Stimme als Antwort. »Sie müßten jetzt fast im Cut sein.«

Die Stimme am anderen Ende der Leitung verfiel in ein versöhnliches Winseln.

»Es ging nicht, Herr Schmidt, wirklich nicht, Herr Schmidt. Die zwei Engländer hier waren hinter uns her. Sie haben Schulz mitgenommen. Ich bin mir ganz sicher. Ich hab Ihnen schon oft von ihnen erzählt. Ich konnte aber einfach keine Leitung nach Panama bekommen, Herr Schmidt. Sie waren alle überlastet.«

»Unsinn!« fuhr Herr Schmidt ihn an. »Ihr Leute in Gatun seid ein Haufen von Feiglingen und schlimmer. Sie haben gesagt, sie wissen nicht einmal den Namen des Kreuzers?«

»Nein, Herr Schmidt. Wir konnten ihn nicht rausfinden. Aber es ist auf jeden Fall ein Kreuzer. Zwanzigtausend Tonnen. Und der leichte Kreuzer ist die »Penzance«.

»Pah!« sagte Schmidt. »Finden Sie den Namen sofort raus. Und alles andere über ihn – woher er kommt, was er vorhat. Wenn ihr in Gatun das nicht schaffen könnt, dann seid ihr nicht mehr auf meiner Zahlliste. Und melden Sie sich wieder in zwei Stunden.«

Schmidt knallte den Hörer auf die Gabel und wuchtete sich aus dem Bett. Haarige Beine zeigten sich unter seinem kurzen Nachthemd, und am offenen Kragen sah man Spuren einer behaarten Brust. Mit einer Hand setzte er seine dicke, runde Brille auf und griff mit der anderen nach der Hose. Während er die Hosen anzog, steckte er seine nackten Füße in die Schuhe. Dann, nach einem kurzen Wort zu seiner Frau, schlurfte er aus dem Haus zur

Garage. Drei Minuten später röhrte der Wagen im Licht der heraufsteigenden Dämmerung mit aufgeblendeten Scheinwerfern aus Panama hinaus, während Schmidt, seinen schweren Körper vorgebeugt, das Lenkrad fest mit seinen großen, behaarten Händen umschloß. Er fuhr aus Panama hinaus, und sein Wagen sprang wild über die wahnwitzigen Buckel und Unebenheiten der Landstraße. Er raste durch die Ruinen von Alt-Panama und weiter, wo die Straße in einen bloßen Feldweg überging, dort, wo die Kanal-Zone an die Republik Panama angrenzte. Eine ruhige Hand und starke Handgelenke waren nötig, um den Wagen auf dem Feldweg zu halten, aber der stämmige Hans Schmidt war ein hervorragender Autofahrer. Er riß das Steuer nach rechts, lenkte den Wagen auf einen noch schmaleren Pfad, wo das Unterholz unter den Rädern knackte und an der Karosserie kratzte. Er fuhr bergan, mit durchgetretenem Gaspedal, bis der Pfad auf eine kleine Lichtung führte, an deren Ende ein großes halbverfallenes Gebäude stand, das aber in reparierten Stellen und im Zustand des Vorhofs Spuren kürzlicher Behausung zeigte. Hier hielt Schmidt den Wagen an, und mit einer Behendigkeit, die man seinem Gewicht nicht zugetraut hätte, stieg er aus dem Wagen aus, rannte in das Gebäude und die verfallenen Steintreppen hinauf.

Der hohe Raum oben im Turm war modern eingerichtet; die Modernität erreichte sogar ein äußerstes Maß, denn zum Hauptbestandteil der Möblierung gehörten ein Empfangs- und ein Sendegerät größtmöglicher Stärke. Der alte, verfallene Turm, einst eine Festung, die vor zweieinhalb Jahrhunderten von Morgan und seinen Freibeutern erobert und zerstört worden war, diente jetzt als eine der Zentralstellen des deutschen pazifischen Geheimdienstes. Auf einem Feldbett in einem Teil des Zimmers lag ein junger Mann, am Tisch neben den Geräten saß ein zweiter, mit Kopfhörern über den Ohren. Beide sahen auf, als Herr Schmidt eintrat, aber sie wurden wenig höflich behandelt. Schmidts erste Handlung war, mit Kopf und Daumen auf die Tür zu weisen, und sie standen langsam auf, um ihm zu gehorchen. Der Mann an den Apparaten zeigte Schmidt einen Notizblock, in dem kürzlich empfangene Meldungen aufgezeichnet waren – verschiedenartige Botschaften, in Code und in Klarschrift, Handel und Militär betreffend –, aber Schmidt warf ihn beiseite, nachdem er die Seiten kurz durchgeblättert und ein Auge auf die Meldungen geworfen hatte.

»Raus«, knurrte er, »aber schnell.«

Sie schlenderten hinaus, während Schmidt sich in den Stuhl warf, die Antenne justierte und anfing, den Sender mit seinen schweren Händen ruhig und präzise für einen Rundruf einzustellen. Aus der hinteren Tasche seiner Hose zog er ein kleines, auf dünnem Papier gedrucktes Buch hervor, und mit einem Bleistiftstummel schrieb er ein oder zwei Notizen auf ein Stück Papier, und blätterte dabei ständig im Buch. Bald hatte er die ihm vorschwebende Botschaft in Code zu Papier gebracht; er wandte sein schweres Gesicht zur Decke und lernte sie auswendig, dann zündete er ein Streichholz an und verbrannte das Stück Papier mit seinen Notizen. Er steckte das Codebuch wieder in die Tasche zurück, und darüber, in der Tasche, befestigte er den Angelhaken, der am Futter angebracht war. Jede unvorsichtige Hand, die in die Tasche fuhr, um den geheimsten deutschen Marine-Code zu suchen, würde grausam zerstochen werden. Dann machte Schmidt sich daran, seine Meldung auszustrahlen, sendete sie immer wieder hinaus. Seine Unterstationen in Callao und Valparaiso würden sie empfangen und weiterleiten. Die Kabel würden sie über zahllose Umwege nach Deutschland senden. Graf Spee an der chilenischen Küste würde sie empfangen, die »Ziethen«, irgendwo verloren im Pazifik, würde sie ebenso auffangen. Stunde um Stunde saß Schmidt in seinem lächerlichen Aufzug aus Nachthemd und Hose am Tisch und funkte die Meldung hinaus, während ihm der Schweiß über seine unrasierten Wangen und seinen schweren Kiefer rann. Es war keine Meldung, die er seinen Untergebenen anvertrauen konnte.

Denn die ganze enorme englische Seemacht sollte gegen Graf Spees Geschwader eingesetzt werden. Vorbei waren die Versuche, ihn mit Kreuzern und veralteten Kampfschiffen zur Strecke zu bringen. In der Admiralität saß ein neuer Mann – Fisher, der während der Katastrophe von Coronel zum Obersten Chef der Marine ernannt worden war. Graf Spee sollte gejagt und vernichtet werden. Schlachtkreuzer sollten eingesetzt werden, die tödlichsten Gegner normaler Kreuzer. Admiral Sturdee mit der »Invincible«, der »Inflexible« und einem halben Dutzend moderner Kreuzer sollte von England aus ums Kap Hoorn geschickt werden, um dann nach Norden den Pazifik hochzufegen. Aber diesen Teil des Plans kannte Schmidt nicht – kein Deutscher kannte ihn, bis Graf Spee bei den Falkland-Inseln die Umrisse der Schlachtkreuzer sah und darin seinen Tod erkannte. Die augenblickliche Sorgen Schmidts waren die Bewegungen Richtung Süden.

Der Schlachtkreuzer »HM Leopard« war bereits seit drei Wochen vor den Westindischen Inseln stationiert; dort konnte er Graf Spee oder Teile seines Geschwaders abfangen, wenn sie den Panama-Kanal passierten, um die reich beladenen englischen Schiffe der Karibik oder des Golfs zu plündern, und er lag dort bereit, um jede Bewegung der Deutschen nach Norden, rund ums Kap Hoorn, abzuschneiden. Aber die neue Persönlichkeit in der Admiralität hielt eine solch defensive Haltung für geschmacklos und widersinnig. Die »Leopard« mußte offensiv eingesetzt werden. Sie sollte selbst den Kanal passieren, anstatt darauf zu warten, daß die Deutschen es taten; sie sollte den Feind suchen, anstatt untätig darauf zu warten, daß er in ihre Reichweite kam. Es war eine richtige, entscheidungsfreudige Strategie, und die Befehle wurden der »Leopard« am gleichen Tag gegeben, an dem auch Admiral Sturdee seine Befehle erhielt.

Und so verschwanden die »Leopard« und der sie begleitende leichte Kreuzer »Penzance« von den Westindischen Inseln und aus dem Einzugsbereich der dortigen deutschen Agenten und passierten jetzt den Kanal – die ersten Schiffe der gesamten britischen Flotte, die sich diesen Wasserweg, der erst vor einem Monat eröffnet worden war, zunutze machten. Die winselnde Stimme in Herrn Schmidts Telefon hatte ihm erzählt, daß sie die Gatun-Schleuse passierten, und gerade während Schmidt seine Warnung an alle, die sie empfangen konnten, ausstrahlte, fuhren sie, mit einem vom Salzwasser des Pazifiks bespritzten Bug, durch die Miraflores-Schleuse. Die vierundzwanzig Knoten der »Leopard« und ihre 12-Zoll-Geschütze brachten jedem deutschen Schiff auf dem Ozean den sicheren Tod; es ist deshalb nicht verwunderlich, daß Herr Schmidt die Neuigkeit so besorgt aufnahm, und es ist nicht verwunderlich, daß er zu seinem deutschen Gott betete, daß die atmosphärischen Störungen über dem Pazifik nicht den Empfang der Warnung, die er aussandte, vereiteln mögen. Die feuchte, stickige Hitze trieb den Schweiß aus allen seinen Poren, als er sich immer wieder auf seine Pflicht besann und mit geübten Fingern in regelmäßigen halbstündigen Abständen die staccatoartigen Morsezeichen eintippte. Er tat seine Pflicht gründlich, wie jeder Deutsche. Von unter ihm kam das dumpfe Dröhnen des Motors und das tiefe Summen des Dynamos, und das schrille Surren der Moskitos, die um seinen verschwitzten Kopf schwirrten, stimmte in das Summen ein. Sie zerstochen seinen dicken Nacken und machten sich gierig an seinen unbedeckten Knöcheln zu schaffen.

18

Albert Brown hatte eine zermürbende Nacht verbracht. Vor dem Morgengrauen hatte er das letzte Wasser aufgebraucht, und sein Durst beherrschte all seine Gedanken. Sein Hunger hatte ihn dazu verleitet, ein wenig von den Konservenvorräten zu essen, und das hatte natürlich seinen Durst ins Unerträgliche gesteigert. Daß der Lärm des Nietens an Bord aufgehört hatte, sagte ihm, daß die Reparaturen wohl beendet waren, aber solange ein Landungskommando auf der Insel war, war es seine Pflicht, weiter zu kämpfen und es in Bewegung zu halten, um die »Ziethen« so noch länger an Resolution zu binden. Er kämpfte gegen seinen Durst an und fiel immer wieder in einen unruhigen Schlaf, aus dem er jedesmal mit einem Ruck erwachte und auf die lärmenden Geräusche hörte, die das Landungskommando in der sonst stillen Nacht machte.

Es ist schwierig, sich den Zustand des Geländes auf Resolution vorzustellen. Man stelle sich eine Schlammfläche vor, die der Sonne ausgesetzt ist. Sie reißt in alle Richtungen auf und zerbricht in kleine Teile. Auf Resolution hatte die Lava das gleiche getan; die Bruchstücke der Lava, aus denen die Insel besteht, haben etwa die Größe und Form eines Eßtisches, der in voller Höhe einen massiven Holzklotz bildet; die Risse zwischen den Stücken sind zwischen einem und zehn Fuß tief. Nun stelle man sich vor, daß die Kanten eines jeden Stücks messerscharf sind und daß die Oberfläche eines jeden Bruchstückes von kleineren Sprüngen übersät ist, deren Kanten ebenso scharf sind. Man füge noch die Tatsache hinzu, daß Erdrutsche und Beben die Blöcke kunterbunt übereinander gestürzt haben und daß die durchschnittliche Neigung der ganzen Masse auf einer Seite steiler als ein Satteldach, auf der anderen Seite fast so steil ist. Zum Schluß übersäe man alle Abhänge mit unvorstellbar stachligen Kakteen, und man erhält eine vage Vorstellung davon, wie schwierig es ist, sich in der Dunkelheit darauf zu bewegen, vor allem, wenn man in einer heißen Nacht vom Durst geplagt wird. Hundert Meter in einer

Stunde sind eine große Geschwindigkeit – sechshundert Meter in sechs Stunden sind eine Unmöglichkeit.

Das war die Lektion, die jeder Offizier der »Ziethen« nacheinander lernen mußte, und die jeder gegenüber seinem Untergebenen als Wahrheit anzuerkennen sich weigerte. Der Erste Offizier zweifelte an dem, was der Leutnant darüber sagte, und Kapitän von Lutz, der sein Schiff natürlich nicht verließ, zweifelte sowohl am Ersten Offizier als auch am Leutnant. Als der Morgen kam und Brown immer noch lebte und frei war (er teilte diese Tatsache jedermann mit, indem er einige Kugeln zur Kommandobrücke der »Ziethen« schickte und damit fast den wachhabenden Offizier traf), verwandelte sich die freudige Erregung an Bord in wütende Bestürzung.

Das Blinksignal wurde wieder in Gang gesetzt, um den unglückseligen Ersten Offizier mit Vorwürfen wegen seines Versagens zu überhäufen. Kapitän von Lutz warf dessen Pläne über den Haufen und schickte kurzerhand die letzten fünfzig Mann, die er bei der Arbeit am Schiff entbehren konnte, im Sturm an die innere Küste der Insel, wo sie den Punkt angreifen sollten, an dem er Brown vermutete. Er lag mit seiner Schätzung nur einhundert Meter fehl, und das war nicht schlecht, wenn man bedenkt, daß er sich nur am Lärm der Schüsse, die sich an einer Klippe brachen, orientieren konnte, und daß die »Ziethen« jetzt, dank ihres Manövers, fast eine halbe Meile von Brown entfernt war.

Brown sah die Boote herankommen und richtete sein Gewehr auf sie, aber jetzt, mit vor Fieber klappernden Zähnen und zitternden Händen, konnte er nicht einmal mehr durchschnittlich gut visieren. Er wußte, daß ihn sein Schicksal bald ereilen würde, als er den Gewehrlauf entlangblickte und sah, wie das Korn wild im V der Kimme auf und ab tanzte, und wie ein Schuß nach dem anderen ins Meer ging. Aber das Gewehr ist ein süßes Werkzeug und gibt selbst dann sein Bestes, wenn es in ungeschickten Händen liegt. Zweimal löste Brown den Abzug beinahe zufällig im richtigen Augenblick, und jedesmal sackte ein Mann in einem der Boote über der Ruderbank zusammen. Zwei Verletzte konnten das Boot nicht aufhalten. Sie rasten dem Fuß des Felshanges entgegen, und die Bootsmannschaften stürzten wie beim ersten fehlgeschlagenen Versuch heraus und stöberten dabei eine kleine Gruppe von Amblyrhincus – Meerleguane – auf, die am Ufer auf das Gerassel des Kampfes, das rund um die Lagune hallte, nicht achtend, ruhig Meeralgen gefressen hatten. Brown mußte feststellen, daß er selbst auf nur hundert Meter Abstand schlecht traf. Bei fünf Schüssen fielen nur zwei Männer, und dann, als er nach seinen Patronentaschen griff, um das Magazin zu laden, stellte er fest, daß nur noch zwei von ihnen voll waren; er hatte nur noch zwanzig Schuß übrig. Er wußte, daß er mit einem so kleinen Vorrat den bevorstehenden Angriff nicht aufhalten konnte, der sich bald zu seiner Linken formieren würde; er konnte unbehindert voranstürmen. Es war der letzte verzweifelte Kampf gegen den Tod. Browns Lippen öffneten sich zu einem grausamen Grinsen, und die schwarzen Sprünge darauf zeigten sich im starken Kontrast zu seinen weißen Zähnen. Er raffte seine erlahmende Kraft zu einer letzten Anstrengung zusammen, hielt seine schwachen Glieder ruhig und versuchte, die Angreifer bedächtig einen nach dem anderen abzuschießen.

Mehr als einmal stürzte ein Mann der vorwärtskämpfenden Truppe zu Boden, aber der Angriff verlor viel mehr wegen der Schwierigkeiten beim Aufstieg als wegen der Verwundeten an Schwung. Wie zuvor duckten sich die Matrosen in Spalten und Klüfte; der Lärm seiner eigenen Schüsse hatte ihnen eine vage Vorstellung von seiner Position vermittelt, und sie begannen auf ihn zurückzufeuern. Und wieder hörte Brown den scharfen Ton der Kugeln, die nahe an ihm vorbeipfiffen, und wieder stiegen hier und dort kleine Wolken von Lavastaub hoch, wenn die Kugeln aufschlugen. Aber dieses Mal konzentrierte sich der Angriff mehr auf ein Ende der Insel, und Brown lag nicht ganz so weit oben. Seine Position war also bei weitem nicht so dominierend, und er konnte nicht über die Felsbrocken hinwegsehen, hinter denen seine Feinde lagen. Nur ab und an sah er kleine Körperpartien der auf ihn schießenden Männer, und in seinem zitternden Zustand konnte er sie nicht mit Sicherheit treffen – nicht einmal mit auch nur annähernder Sicherheit. Er sorgte zwar für zwei weitere Verwundete, aber sie hielten die vierzig Mann nicht davon ab, weiter auf ihn zu schießen, und als er das Magazin mit seinen letzten Patronen gefüllt hatte, mußte er sie für den letzten Sturm aufbewahren. Er preßte sich so fest er konnte an die Lava und wartete mit klagloser Geduld auf das kommende Ende, während die Kugeln um ihn herum pfiffen.

Bald fiel sein Schweigen den Männern auf; die Mutigeren und Kräftigeren unter ihnen hievten sich hoch und machten kleine

Fortschritte, bewegten sich von einem Felsbrocken zum nächsten, von einer Spalte zur anderen durch das Gelände des Hanges. Schon bald kroch ein Großteil der Front auf dem Bauch voran, die Klippe hinauf, durch Browns Schweigen ermutigt. Nur ein halbes Dutzend Männer, die weniger Kräftigen und Entschlossenen, lagen immer noch kauernd hinter ihrer Deckung und hielten ihr hektisches Gewehrfeuer auf den Fleck gerichtet, an dem sie Brown vermuteten. Sie verschwendeten Munition in ungeheuren Mengen, aber wenn schon nichts anderes, so produzierten sie doch einen ermutigenden Lärm. Brown, mit einem Auge über den Felsrand spähend, konnte zwei oder drei Männer gerade zwanzig Meter tiefer, fünfzig Meter von ihm entfernt, sehen. Bald würde einer davon ihn in voller Sicht haben, und das wäre sein Ende. Er empfand keine Verbitterung, weder gegen das Schicksal noch gegen die Männer, die bald sein Leben beenden würden. Er hatte alles in seiner Macht Stehende getan.

Genau in dem Augenblick wurde der Kampf unterbrochen. Ein ungeheures Heulen aus der Sirene der »Ziethen« lenkte lärmend die Aufmerksamkeit aller Männer auf die Zeichen, die heftig und wiederholt von dem Blinksignal auf der Kommandobrücke herübergemeldet wurden. Es war der allgemeine Rückruf.

Einige Minuten lang zögerten die Angreifer. Es fiel ihnen schwer, zurückzugehen, da der Erfolg zum Greifen nahe schien. Aber die Sirene heulte wieder, und das Blinksignal arbeitete fieberhaft. Niemand konnte angesichts so eindeutiger und so oft wiederholter Befehle unabhängig handeln. Widerstrebend blies der Offizier, der das Landungskommando befehligte, in seine Trillerpfeife, und die Angreifer wandten sich auf dem Hang um, krochen auf gefährlichen Wegen wieder hinab, ließen sich in kleine Spalten fallen und kamen so langsamer voran als nach erfolgreich verlaufenem Sturm. Brown sah sie abziehen, und mit letzter Anstrengung erhob er sich ein wenig und schickte eine Kugel zwischen die Schulterblätter des befehlshabenden Offiziers; das hatte die erfreuliche Wirkung, den Rückzug zu verzögern, weil das Landungskommando sich umdrehte und weitere kostbare Munition an ihn verschwendete, bis erneutes Sirenenheulen der »Ziethen« sie wieder an ihre Pflicht erinnerte. Sie ließen sich zu den Booten hinunterfallen, hoben ihre Toten und Verwundeten hinein und ruderten langsam zum Kreuzer zurück.

Es war aber nicht so sehr die Evakuierung des letzten Landungskommandos von der Insel, das so viel Zeit kostete; die wirkliche Verzögerung wurde durch das zahllose, nutzlose und versprengte Aufgebot auf der äußeren Seite verursacht. Nachdem der Erste Offizier von seinem günstigen Standpunkt auf dem Kamm aus, den er mit so großer Anstrengung erklommen hatte, den Befehl des Signals gelesen hatte, stand ihm immer noch die Aufgabe bevor, diesen Befehl über die ganze Länge und Breite seiner verstreuten Front bekanntzumachen, und nachdem er das getan hatte, mußte er immer noch seine Männer zum Strand zurückbringen. Die meisten von ihnen streunten seit fast achtundvierzig Stunden frei auf Resolution herum; sie waren mutlos, abgekämpft, ermüdet und erbärmlich undiszipliniert. Viele der Faulen und Widerspenstigen unter ihnen hatten hier und dort Nischen gefunden, sich darin ausgestreckt und schliefen jetzt fest im kärglichen Schatten. In der sengenden Hitze des Mittags bewegten sich selbst die besten Männer nur langsam voran, durch den Befehl zum Rückzug ihres Mutes beraubt, und viele von ihnen strebten in Richtungen zurück, die der vorgesehenen Route des Ersten Offiziers entgegengesetzt waren. Die fürchterliche Hitze der Felsen, die jede nackte Hand, die nach ihnen griff, sofort mit Brandblasen übersäte, entmutigte jegliche Aktivität; Männer, die sehr fröhlich in einen Kampf gezogen sind, hören bald auf, sich voranzukämpfen, wenn ihnen eine Niederlage – und das durch einen einzelnen Mann – erteilt wird. Der Erste Offizier und der Leutnant tobten und fluchten, soweit ihre ausgedorrte Kehlen es zuließen, während ihre beschmutzten weißen Tropenuniformen sich mit Schweiß vollsogen; die Maate bemühten sich, die Männer auf Hörweite in Bewegung zu halten, aber es war eine mühevolle, hoffnungslose Aufgabe. Ein Mann konnte ebenso gut zehn Meilen, und nicht hundert Meter, entfernt stehen, wenn es darum ging, hier auf dieser Insel einen Befehl durchzusetzen – man konnte nicht zu ihm zurückgehen, ohne eine weitere kostbare Stunde zu verschwenden.

Dem unglückseligen Ersten Offizier auf dem Lavakamm schienen nach der Mittagszeit die Stunden nur so vorbeizurasen; die Sonne schien dreimal so schnell wie sonst dem Horizont entgegenzueilen, während die Botschaften, die das verfluchte Blinksignal über die Lagune schickte, immer hektischer und bösartiger wurden. Mit von Ungeduld verzehrter Seele beobachtete er das unglaublich langsame Herabsteigen seiner Männer zu den Booten. Die Reihe der weißgekleideten Gestalten, die nacheinander in zehnminütigen Abständen um die Krümmung der Insel herum auftauchten, schien kein Ende zu nehmen – und einige von ihnen versuchten sogar immer noch, ihren Weg nach oben zu nehmen, anstatt zu den Booten hinabzusteigen.

Matrose Müller, das schwarze Schaf der »Ziethen«, kämpfte sich oben auf dem Kamm voran. Seine Füße waren wund, und seine Kleider zerfetzt, sein Gang glich dem einer Katze auf einem heißen Dach. Mit über die Schulter geworfenem Gewehr suchte er sich einen Weg auf der etwas einfacheren Strecke kleiner Lavablöcke oben auf dem Gipfel der Insel. Er kam bis auf fünfzig Meter an den fluchenden Ersten Offizier heran, der ihn anschrie, er solle gefälligst diagonal den Abhang hinunter zu den Booten laufen, aber Matrose Müller gab eine unverständliche Antwort – selbst unter angenehmeren Umständen war er kein sehr disziplinierter Charakter. Und ganz sicherlich würde er sich nicht in das fürchterliche Chaos aus Felsen und Kakteen hinunterstürzen, bis er dazu gezwungen war. Er würde sich so lange oben auf dem Grat halten, bis er genau über den Booten stand, und dann würde er sich vielleicht dazu bequemen, den steilen Abhang hinunterzuklettern. Aber bis dahin würde er sich an den leichteren Abschnitt der Insel halten – leicht, aber äußerst unbequem. Er schnallte seine Ausrüstung fester und fuhr in seinen mühseligen Anstrengungen fort, die Lavablöcke hinauf und hinab zu klettern.

Hundert Meter hinter dem Kommandanten hielt er an, um eine Rast einzulegen. Er setzte sich an einem Fleck nieder, auf den ein Lavablock dank der untergehenden Sonne etwas Schatten warf. Er wischte sein schweißüberströmtes Gesicht ab, dachte an seinen Durst und verlor sich in glückliches Träumen, in dem er sich hundert Arten vorstellte, diesen Durst zu stillen, aber Wasser kam in diesem Traum kein einziges Mal vor. Und als er sich diesen köstlichen Visionen hingab, wanderten seine Augen ziellos über die Felswüste jenseits des Bogens der Lagune. Eine Viertelmeile entfernt, etwa in Höhe eines Drittels des Hanges, sah er einen Fleck, der weder Fels noch Kaktus war. Es konnten Kopf und Schultern eines Mannes sein, der, auf den Knien hockend, über die Kante eines Lavablockes hinweg um sich herumspähte. Matrose Müller nahm sein Gewehr von der Schulter und warf sich auf den Bauch. Er schob eine Patrone in die Ladekammer. Der rote Glanz der untergehenden Sonne beleuchtete den Fleck, der sich ihm als Ziel darbot. Müller war weder ein guter noch ein begeisterter Schütze. Er visierte und schoß, wie er auch mit einem Stein nach einer streunenden Katze oder einem Vogel geworfen hätte. Er sah nicht einmal, ob er das, worauf er gezielt hatte, auch traf, denn beim Klang des Schusses schoß das purpurfarbene Gesicht eines Maates neben ihm aus einer Felsspalte, und ein in sein Ohr gebrüllter Befehl veranlaßte sogar den undisziplinierten Müller dazu, aufzustehen, sein Gewehr über die Schulter zu werfen und seinen schlurfenden Marsch zu den Booten zurück wieder aufzunehmen. Für den befehlswidrig abgegebenen Schuß wurde er, sobald er und der Erste Offizier wieder auf der »Ziethen« waren, vorschriftsgemäß in die Arrestzelle gesteckt.

Aber jener letzte Schuß, in den letzten wenigen Minuten des Tageslichtes abgefeuert, erfüllte seine Bestimmung. Die scharfkantige Kugel hatte Brown ganz oben in der rechten Schulter getroffen; auf ihrer Bahn durch seinen Körper hatte sie eine Rippe und ein Schulterblatt zerschmettert und Brown in seine Felsspalte zurückgeschleudert. Zuerst war er nur betäubt. Er legte seine Hände auf die Wunde und war überrascht zu sehen, daß sie rot mit Blut beschmiert waren. Es dauerte einige Zeit, bis der Schmerz einsetzte – erst nachdem die Sonne untergegangen war.

19

Die ersten dringlichen Rufe des Herrn Schmidt hatten die »Ziethen« bald nach Sonnenaufgang erreicht, aber in so verstümmelter Form und so verzerrt, daß man nicht einmal erraten konnte, welcher Code verwendet worden war. Der Funker erklärte, daß er die leichte Hand des amerikanischen Hauptagenten erkennen könne, aber diesem dünnen Beweis wurde keinerlei Bedeutung zugemessen. Erst später wurde ein eindeutiger Nachweis erbracht, daß die Botschaft im »Geheimsten Code« abgefaßt war, und zwar von Schmidt selbst; und es dauerte fast bis Mittag, bis die Bruchstücke der einzelnen Meldungen zusammengesetzt waren und Kapitän von Lutz ihren fürchterlichen Inhalt lesen konnte – nämlich, daß ein britischer Schlachtkreuzer und ein leichter Kreuzer den Panama-Kanal Richtung Pazifischer Ozean passiert hatten. Augenblicklich gab es in seiner Entscheidung kein Zögern. Mit dem sicheren Tod, der ihn in dieser Gestalt verfolgte, würde er nicht in Landnähe verweilen. Er gab sofortigen Befehl für den Rückruf des Landungskommandos.

Aber es war aus ersichtlichen Gründen leichter, diese Befehle auszusprechen, als sie auszuführen. Um drei Uhr nachmittags erreichte das innere Landungskommando das Schiff mit einer neuen Bootsladung Verwundeter und Toter, worüber die an Bord Zurückgebliebenen vor Wut schäumten, und als die Nacht über Resolution hereinbrach, war nur der kleinste Teil der anderen Truppe zu den Booten hinabgestoßen; fast zweihundert Mann saßen immer noch hoffnungslos auf der Insel fest. Und mit dem Einsetzen der Dunkelheit wurde die Aufgabe immer aussichtsloser, die abgekämpften Männer dazu zu bewegen, Hals- und Beinbruch zu riskieren, um ihren Abstieg fortzusetzen. Die Maate pfiffen zwar wild mit ihren Trillerpfeifen und brüllten durch Lautsprecher Befehle in die Nacht, aber sie erreichten damit nur wenig. Ab und zu rutschte eine kleine Gruppe oder ein einzelner Mann den letzten Steilhang hinab zu der Stelle, wo die Boote lagen, aber die Stunden verstrichen, und die Zahl der Männer auf den Klippen hatte sich nicht merklich verringert. Die mit Lichtsignalen zur »Ziethen« gefunkten Botschaften halfen nicht, die Ungeduld des Kapitän von Lutz zu besänftigen, der kochend auf und ab schritt. Es hätte nur wenig gefehlt, und er wäre mit seinem Schiff abgedampft und hätte den Rest des Landungskommandos zurückgelassen, aber es stand zu viel auf dem Spiel. Selbst wenn er alle Mann wieder an Bord hätte, würde die »Ziethen« schwer unterbemannt sein, dank der Verwundeten, die Brown verursacht hatte, und dank der zahllosen zerschnittenen Füße und verstauchten Knöchel. Der Verlust von weiteren fünfzig Mann wäre äußerst folgenschwer, denn Kapitän von Lutz mußte in Betracht ziehen, daß er unter großer Mühe Kohle auf See übernehmen und Kapertruppen bereit haben mußte, ganz zu schweigen von weiteren Gefechten gegen feindliche Schiffe. Er konnte sich nicht dazu überwinden, die Herumirrenden aufzugeben, vor allem da es ja bedeutete, sie ihrem sicheren Tod auf einer wasserlosen Insel zu überlassen. Er konnte nur fluchen und toben und Befehle ausstoßen, um die Männer so bald wie möglich in die Boote zu bringen; in der Zwischenzeit erwog er die Möglichkeiten eines britischen Schlachtkreuzers, Kurs auf die Galapagos Inseln zu nehmen, und fragte sich, wie lange es dauern würde, bis der sie erreichte.

Die Nacht schleppte sich dahin, und der Morgen kam, und als

die letzten abgekämpften Männer in die Boote taumelten, ergoß sich das volle Tageslicht auf die verbrannten Felsen. Es war fast Mittag, als die »Ziethen« endlich ihre Anker gelichtet hatte und mit niedergeschlagener, erschöpfter Mannschaft und aufgebrachten Offizieren an Bord aus der verwünschten Lagune in die offene See steuerte. Einmal war die überragende deutsche Tüchtigkeit zu Fall gekommen, hatte die strenge deutsche Disziplin versagt. Viel könnte auf die Felsen und Stacheln von Resolution geschoben werden, aber einige Leute neigen dazu, die Anerkennung für diese Leistung nicht den natürlichen und zufälligen Umständen zuzuschreiben, sondern sie Obermatrose Brown zuzuerkennen, der sich aus freiem Willen der Übermacht eines Kreuzers entgegengestellt und vorausehen hatte, daß dieses Unternehmen sein Leben kosten würde, und der frohen Herzens diesen Preis ohne Aussicht auf Ruhm bezahlt hatte, nur zu Ehren der Marine, in der er diente.

Denn Brown lag zweifellos im Sterben. Eine Nacht der Höllenqual war seiner Verwundung gefolgt. Der Schmerz setzte nur allmählich ein, wurde aber immer stärker, als die betäubende Dumpfheit, die dem ersten Schock folgte, langsam wich. Er hatte hohes Fieber, und der fürchterliche Schmerz ließ ihn sich mit erbarmungsvollen, kindlichen Bemühungen, seine Qualen abzuschütteln, hin- und herwerfen. Schon vorher war er sehr durstig gewesen, aber jener Durst ließ sich nicht mit dem Leiden, das er jetzt erfuhr, vergleichen. Mehrere Male in jener Nacht hatte er sich ins Bewußtsein zurückgekämpft, besessen von dem übermächtigen Gedanken, es müsse noch etwas Wasser in einer der beiden Wasserflaschen sein. Jedes Mal hatte er sich gekrümmt und gewunden, bis seine linke Hand nach ihnen greifen, sie öffnen und sie nacheinander an seine zerplatzten, geschwollenen Lippen heben konnte. Nur einmal – beim ersten Mal – war diese qualvolle Anstrengung mit Erfolg belohnt worden: Drei oder vier Tropfen der Flüssigkeit rannen kühlend und köstlich aus dem metallenen Flaschenhals in seinen pelzigen Mund, aber das war alles. Danach war nie mehr etwas in einer der beiden Flaschen, aber Brown gab die Hoffnung nicht auf.

Und als Brown seine linke Hand an seine zerfetzte Schulter hielt, tauchte sorgenschwer die Erinnerung an den deutschen Jungen, dessen Schulter er vorgestern zerschossen hatte, in seinen Gedanken auf. Browns reuevoller Geist erinnerte sich genau daran, wie der Junge aus seiner Deckung hervorgerollt war und wie er versucht hatte, seine Schulter zu halten – genau so, wie Brown es jetzt tat. Er erinnerte sich an das vor Schmerz verzerrte hübsche Gesicht des Jungen, und er erinnerte sich daran, wie er danach den ganzen Tag von Fliegen umschwärmt in der marternden Sonne gelegen hatte und wie er in seiner unverständlichen Sprache schwach nach etwas gerufen hatte, das Brown als das Wort Wasser erriet. Wasser! Natürlich war es Wasser, nach dem er gefragt hatte. Niemand würde daran denken, nach irgend etwas anderem als Wasser zu fragen; es gab nichts anderes auf der ganzen Welt, das auch nur annähernd so kostbar wie Wasser war. Die herzzerreißenden Rufe des deutschen Jungen hallten mit quälender Hartnäckigkeit in Browns Ohren wider; er hörte sie so lange, bis er meinte, aufstehen zu müssen, um sie zu befriedigen. Nachdem er sich einmal zu dieser Anstrengung entschlossen hatte, war es ganz einfach. Eine gottgleiche Fähigkeit, leise und mühelos durch die Luft zu schweben, kam über ihn; es war so leicht, daß Brown erstaunt war, diese Fähigkeit nicht früher entdeckt zu haben. Er schwebte hernieder an den Ort, an dem der deutsche Junge lag, mit Sonnenstrahlen auf seinem blonden Haar; er nahm seine Hand, und der Junge öffnete seine Augen und lächelte. Es war ein so freundliches Lächeln; Albert liebte ihn von dem Augenblick an, wegen der Schönheit seiner blauen, kindlichen Augen und wegen seiner goldenen Bräune. Brown hob ihn ganz leicht auf, hielt ihn nur an der Hand, und zusammen entfernten sie sich von dem häßlichen, scharfkantigen Felsen und gingen an einen Ort mit köstlichem Schatten. Der Junge wandte sich zu ihm und fragte sanft nach etwas, und Brown nickte mit dem Kopf und sagte: »Sofort.« Und so schritten sie weiter voran, bis hohe Bäume sich über einer Wiese mit grünem Gras erhoben, und dort, neben den Bäumen, war ein kleiner, tiefer Bach mit klarem Wasser; man konnte sehen, wie er durch die grüne Ebene mäanderte. Und sie tranken von dem Wasser, und es war vollkommen kühl und wunderbar. Sie tranken und tranken, und sie wandten sich zueinander und lachten in ihrem Glück, und dann ließen sie sich in die klaren Tiefen hinab und trieben in der Strömung, von Wasser umspült, in kameradschaftlicher Nacktheit. Alles war sehr freundlich und glücklich und selig vollkommen.

Dann wandte Brown sich wieder herum und lächelte dem blonden Jungen zu, aber der lächelte nicht zurück. Statt dessen verzerrte sich sein Gesicht wieder vor Schmerz, und er drohte Brown mit seinen Fäusten und funkelte ihn mit wilden Augen an, und Brown wich vor ihm zurück und bemerkte, daß das kühle Wasser um ihn herum gefallen war und ihn auf dem felsigen Boden zurückgelassen hatte. Und es war wieder heiß, und die Felsen unter ihm waren so scharf, und – verdammt, seine Schulter tat so weh! Mit einem Ruck und einem Stöhnen kam Brown wieder zu Bewußtsein, in eine dunkle Welt, in der Flammenräder über seinen Lidern schwebten; eine Welt mit Qual – und mit Pein – und mit Durst, Durst, Durst.

Die schönen Dinge dieser Welt waren an ihm vorübergegangen. Er hatte nie ein Auge für die Schönheit und das Wunder des Waldes gehabt, der mit Schlüsselblumen erstrahlte oder mit Glockenblumen verzaubert wurde. Er hatte nie die Liebe einer Frau gekannt, nicht einmal käufliche Liebe, und er hatte nie die Liebe eines Kindes gekannt, die leichte Berührung einer winzigen, weichen Hand auf seiner Wange und märchenhaftes Lachen. Er wußte nichts von der düsteren Größe Lears oder von dem sonnigen Glück des Sommernachtstraums. Gutes Essen und guter Wein und die Herrlichkeit Rembrandts waren ebenso an ihm vorbeigegangen; sein ganzes Leben lang war er ein Sklave gewesen, ein Sklave der Erwartungen seiner Mutter oder einer Marine, die von ihren Dienern alles verlangt, um es dann an gedankenlose Undankbare zu verschwenden. All sein Glück, all seine Fähigkeiten, sein ganzes Leben, waren im Strom der Eisenzeit, der Zeit der Zwölf-Zoll-Geschütze, weggeschwemmt worden. Die Leistungen von Brown im Alter von zwanzig Jahren enthielten nichts als Tod und Zerstörung. Brown hätte mit achtzig in einer besseren Welt sterben können, eine lange Reihe stetiger Beiträge zur Summe des menschlichen Glücks hinterlassen können. Wenn Brown jedoch kurz vor seiner Landung auf Resolution die Wahl gehabt hätte, hätte er sich zweifellos die Laufbahn erwählt, die in diesen Seiten umrissen wurde, und auch andere Leute hätten das gleiche für ihn gewählt.

Brown hatte nie die Zufriedenheit kennengelernt, die der Erfolg mit sich bringt; er erfuhr nie, welch ungeheures Ergebnis schließlich seine Mühen belohnte. Später an diesem seinem letzten Tag kam er wieder zu Bewußtsein; er wischte die Fliegen von seinem Gesicht, und mit der Triebkraft des einen, ihn verzehrenden Motivs schob er sich mühsam an den Rand des Felsens heran und spähte über die Lagune hinaus. Das blaue, blaue Wasser glitzerte im alles verzehrenden Sonnenlicht; die düsteren Umrisse der Klippen tanzten und wogten in der flirrenden Hitze vor seinen verschwimmenden Augen. Am Ufer weideten sich die Meerleguane an den Algen, wie schon ihre steinzeitlichen Vorfahren es getan hatten. Weit draußen auf dem Meer kreisten und zogen die Möwen über die graue Linie, die den Rand der Meeresströmung kennzeichnete. Aber von der »Ziethen« konnte Brown nichts sehen; die zerklüfteten Felsen nahmen ihm die Sicht auf die Rauchschwaden, die sie auf ihrem Weg dem Horizont entgegen hinterließ. Sie war fort; sie war davongekommen, und alle Anstrengungen Browns, sie zurückzuhalten, hatten lediglich eine unbedeutende Verzögerung von achtundvierzig Stunden bewirkt – eine Verzögerung, die auf einer sechsmonatigen Kreuzfahrt keinerlei Bedeutung hatte. Brown sackte mit einem Stöhnen herzzerberstender Verzweiflung wieder über dem Felsen zusammen, und der brennende Durst und der tödliche Schmerz umfingen ihn wieder. Zusammen töteten sie ihn, der Durst und der Schmerz, bevor der Tag zu Ende ging. Er hatte eine verzweifelt lange Zeit gebraucht zu sterben, aber schließlich war er tot.

20

Captain Richard E.S. Saville-Samarez, CB, MVO, saß allein am Schreibtisch in seiner Kajüte und dachte über die Probleme nach, vor die ihn die über Funk und Kabel erhaltenen knappen Anweisungen der Admiralität stellten. Er beugte sich dabei über die kleine Seekarte des Pazifiks, auf der die möglichen Positionen Graf Spees und seines Geschwaders eingetragen waren, und erwog die verschiedenen Möglichkeiten, die sich im Laufe der Zeit in seinem mit Vorstellungskraft nicht gerade gesegneten Kopf herauskristallisiert hatten. Natürlich hatte sein Passieren des Kanals mit der »HMS Leopard« und der »Penzance« als Begleitschiff beträchtliche Unruhe erzeugt. Die Kanal-Behörden hatten gezweifelt, ob sie ihn überhaupt passieren lassen sollten, obwohl der dortige Vertreter Seiner Königlichen Majestät vierundzwanzig Stunden zuvor Vorbereitungen für seine Ankunft getroffen und sich dabei auf Paragraphen und Abkommen berufen hatte, die den Kanal für jedes Schiff, gleichgültig ob in Kriegs- oder in Friedenszeiten, geöffnet erklärten. Überall waren die Kabel erbebt von der Neuigkeit, als er in den Kanal einfuhr, und am Morgen würden amerikanische Zeitungen ihre Leser aufgeregt darüber informieren, daß die britische Marine endlich ein Lebenszeichen zeigte und nicht mehr unglückliche Geschwader ihrer Zerstörung durch von Spee überließ. Die Präsenz der »Leopard« würde bereits in Berlin bekannt sein, und während deutsche Diplomaten noch Protest einlegten, würde die deutsche Admiralität die Information aufnehmen und etwas ängstlich die Folgen erwägen, die diese Veränderung auf die tödliche Übermacht der britischen Flotte von Scapa haben würde, wo dreißig Großkampfschiffe das Auftauchen der Hochsee-Flotte aus den Minenfeldern und den schützenden Häfen erwarteten.

Kapitän Saville-Samarez' Äußeres hatte sich in den zwanzig Jahren nicht viel verändert; er war nicht die Art Mann, die sich im Alter stark verändern. Zwar durchzogen jetzt graue Haare seine widerspenstigen Brauen, und Verantwortung und Autorität hatten seinem Gesicht etwas Charakter verliehen, zwar zeigten sich zwei tiefe, waagerechte Linien zwischen seinen Augenbrauen, und seine Augen schienen tiefer zu liegen, auch zogen sich ein oder zwei grimmige Falten um seinen Mund, aber er erschien immer noch außerordentlich jung, mit einem frischen Gesichtsausdruck und aufrechter Haltung. Um der Wahrheit die Ehre zu geben, muß gesagt werden, daß Verantwortung und Autorität nie schwer auf seinen Schultern lasteten; er war kein Mann tiefer Gedanken oder großer Vorstellungskraft, und die Ruhe seines Gemüts hatte ihn durch alle Schwierigkeiten getragen, in denen er sich befunden haben mochte, ohne ihn in Aufregung oder Sorgen altern zu lassen. Kleine Aufgaben, wie ein zwanzigtausend Tonnen schweres Schlachtschiff in einem überfüllten Hafen in heftigem Sturm am Liegeplatz zu vertäuen, akzeptierte er mit Gelassenheit und führte sie mit automatisch angeeigneter Umsicht aus, ohne sich dabei etwa in grauenerregenden Bildern vorzustellen, was passieren könnte, wenn er einen Fehler machte.

Aber in diesem Augenblick dachte er gerade angestrengt nach und tat sein Bestes, um alles Vorstellungsvermögen, das ihm eigen war, aufzubieten. Er war sich bewußt, daß er sehr viel Glück gehabt hatte; über einen Schlachtkreuzer zu befehlen, war vermutlich der höchste Dienst, der einem Mann seines Ranges in der Marine offenstand. Zudem besaß er im Augenblick eigenständige Befehlsgewalt, und die kritische Lage der Marine hatte auch die

»Penzance« unter seinen Befehl gestellt. Er grinste in sich hinein bei der Erinnerung an die Reihe von Zufällen, die die »Leopard« ohne Admiral gelassen hatte – es gab Dutzende von Admiralen, die, wären nur die Umstände etwas anders gewesen, die Möglichkeit dazu gehabt hätten und sehr froh darüber gewesen wären. Und natürlich wäre dann dem Admiral alle Ehre für mögliche Erfolge der »Leopard« zuteil geworden, und Kapitän Saville-Samarez wäre vergessen gewesen und hätte sich mit einer nebensächlichen, automatischen Erwähnung im Marinebericht bescheiden müssen.

Nichtsdestotrotz müßte ein Admiral, dem die Ehre für einen Erfolg zuteil würde, auch die Verantwortung für eine Niederlage tragen müssen, und in Abwesenheit eines Admirals blieb diese Verantwortung bei Kapitän Saville-Samarez, und darüber machte sich der Kapitän beinahe Sorgen. Die Anweisungen ließen ihm relativ freie Hand; seine Aufgabe war, Graf Spee und seinem Geschwader nachzusetzen und sich für diesen Zweck mit den anderen Offizieren der Gegend abzustimmen. Das einzige, was man von ihm mit Nachdruck erwartete, war, daß der »Leopard« nichts passierte, denn die Vernichtung von Kreuzern würde nicht den Verlust eines Schlachtkreuzers aufwiegen. Einem Stabsoffizier erschien eine solche Bedingung nur selbstverständlich, da die »Leopard« über eine um mindestens vier Knoten größere Geschwindigkeit als jeder der Kreuzer von Graf Spee verfügte, und ihre Geschütze schossen mindesten zwei Meilen weiter als die Graf Spees. Wenn aber die »Leopard« allein auf Graf Spee mit seinen drei Kreuzern – der »Scharnhorst«, der »Gneisenau« und der »Ziethen« – traf, stünden die Dinge nicht so einfach. Zwei Kreuzer könnten auf Schußweite an ihn herankommen, während er den dritten versenkte, oder sie könnten sich alle verteilen, und während er einen von ihnen zur Strecke brachte, würden sich die leichten Kreuzer unangenehm bemerkbar machen und versuchen, ihn zu torpedieren. Zudem könnte die »Penzance« schwer getroffen werden, und auch das wäre seine Schuld. Der Aufruhr in der britischen Bevölkerung wäre enorm, wenn sie erfahren müßte, daß ein beschädigtes britisches Schiff ehrenrühriger weise in einem neutralen Hafen um Internierung ersucht habe.

Ein Gefecht – falls es dazu kommen sollte – würde also größte Umsicht erfordern, und es war dieser Zwang zur Umsicht, der dem Kapitän am meisten Sorgen bereitete. Andererseits mußte es nicht notwendigerweise zum Gefecht kommen. Nach letzten Meldungen war Graf Spee dreitausend Meilen entfernt, und es ist keine leichte Aufgabe, ein Geschwader zu finden, das sich in dreitausend Meilen Wasser verborgen hält; ganz im Gegenteil, es ist eine außerordentlich schwierige. Graf Spee konnte um Kap Hoorn in den Atlantik und dann nach Hause steuern und fast dort ankommen, ehe die »Leopard« davon erfuhr; er konnte sogar wieder nach Norden drehen und an der »Leopard« vorbei in den Panama-Kanal gelangen – und das wäre das Ende der beruflichen Laufbahn des Captain Saville-Samarez. Der Kapitän erkannte, daß es aller seiner fünf Sinne bedurfte, um dem Feind mit Sicherheit zu begegnen.

Zudem wollte er ihm auch begegnen. Die Altersgrenze verfolgte ihn stetig die Kapitän-Rangliste hinauf, und ihm war klar, daß, wenn nicht etwas Außergewöhnliches passierte, er gerade den Rang eines Konteradmirals erreichen würde, bevor er sich zur Ruhe setzen mußte. Wenn er nicht etwas tat, um aus der Masse herauszuragen, würde er sein Leben als Konteradmiral außer Dienst beenden, wie fünfzig andere Männer auch. Er wollte etwas tun, um seinen Namen in die Ewigkeit eingehen zu lassen, und die sicherste Art, das zu erreichen, wäre, ein oder zwei deutsche Schiffe zu versenken. Dann würde die Öffentlichkeit ihn als »Saville-Samarez, der Mann, der Graf Spee gefangen hat« oder als »Saville-Samarez, du weißt schon, der, der die ›Scharnhorst‹ versenkt hat« kennen, und der Kapitän wußte, wie wertvoll ein solches an ihm haftendes Etikett sein würde. Es würde sehr nützlich sein, wenn er in die Politik gehen wollte; es konnte ihm die Ritterschaft eintragen – und er wünschte sich den Lord-Titel, denn damit waren bereits sein Großvater und sein Urgroßvater ausgezeichnet worden. Vor allem aber konnte es ihm bei seiner Pensionierung eine lukrative, angenehme Statthalterschaft in den Kolonien eintragen, und danach trachtete Saville-Samarez, der außer seinem Salär über keinerlei finanzielle Mittel verfügte. Und da ein Erfolg so reich belohnt und ein Mißerfolg so hart bestraft werden würde, schien es ihm geboten, alle Energie auf die Lösung dieses Problems zu verwenden.

Jedoch traf er die letzte Entscheidung, wie es seine Art war, allein. Er war mit dem Kapitän der »Penzance« die spärlichen Daten durchgegangen und hatte sich dessen Meinung angehört, aber die endgültige Entscheidung behielt er sich vor, bis er allein war.

Er schrak vor Verantwortung nicht zurück und hegte große Verachtung für alle, die es taten – eine Verachtung, die nur von seiner Verachtung für Kriegsräte im allgemeinen übertroffen wurde.

Er sah auf die Karte, auf der Graf Spees letzte Position in Valparaiso eingetragen war. Er vertiefte sich in die verstreuten Fahrtrouten der Schiffe, versuchte, sich in Graf Spees Lage zu versetzen und überlegte, was er in dessen Situation tun würde. Er blickte noch einmal auf die letzten Meldungen der britischen Geheimagenten. In verschiedenen südamerikanischen Pazifikhäfen stand Kohle zur Verfügung der Deutschen bereit, also bestand die Möglichkeit, daß Graf Spee wieder nach Norden fuhr. Aus dem Funkraum der »Leopard« wurde laufend berichtet, daß gut empfangbare Meldungen in einem unbekannten Code zu hören seien, und es schien sehr wahrscheinlich, daß sie Warnungen vor ihrem Herannahen waren, die an das deutsche Geschwader gefunkt wurden. Das legte die Vermutung nahe, daß die deutschen Geheimagenten am Festland es für möglich hielten, daß deutsche Schiffe in der Nähe waren.

Nun hatte von Spee mit lediglich zwei Kreuzern, der »Scharnhorst« und der »Gneisenau«, bei Coronel gekämpft und war auch nur mit ihnen in Valparaiso eingefahren. Das stand fest. Sein kleinster Kreuzer, die »Ziethen«, hatte sich also bereits vor Coronel vom Verband gelöst. Wohin würde Graf Spee sie wohl geschickt haben? Nach Norden? Das war unwahrscheinlich; die ganze japanische Marine wartete dort auf sie, und zudem gab es im nördlichen Pazifik nicht viel Beute. Nach Westen, zum Indischen Ozean? Das war das reichste Beutefeld, aber dort war bereits die »Emden«, und die englische Flotte konnte ebenso gut zwei – und nicht nur eine Flotte aufspüren. Zudem lag die »Charybdis« auf jener Route und hatte keine Begegnung mit deutschen Schiffen gemeldet, obwohl das kein stichhaltiger Beweis dafür war, daß die »Ziethen« nicht dorthin gesteuert war. (Kapitän Saville-Samarez erkannte nicht die tiefe Wahrheit dieser letzten Schlußfolgerung.) Nach Südwesten, in neuseeländische und australische Gewässer? Das war sehr wohl möglich, aber in dem Fall hatte Kapitän Saville-Samarez nichts mit ihr zu tun; seine Aufgabe war, mit dem Hauptverband in Kontakt zu treten. Aber angenommen, die »Ziethen« wäre gar nicht in eine dieser Richtungen geschickt worden? Angenommen, sie wäre noch nahe der amerikanischen Küste? Andere Schiffe hatten sie ebenso wenig gemeldet, aber vielleicht hatte sie einen bestimmten Grund, sich zu verbergen. Sie konnte einen Zusammenstoß gehabt oder einen Motorschaden erlitten haben. Denn es war äußerst seltsam, daß sie weder in Coronel gekämpft hatte noch an irgendeinem anderen Ort gesichtet worden war. Einmal angenommen, sie war beschädigt worden – wohin würde sie fahren, um Reparaturen auszuführen? An einen Ort, der auch in Funkweite Panamas lag, fügte Kapitän Saville-Samarez hinzu und zog damit falsche Schlüsse aus den Aktivitäten des Herrn Schmidt, ohne dabei die extreme Gewissenhaftigkeit des Herren, noch dessen Unkenntnis bezüglich der Position der Ziethen zu berücksichtigen. Captain Saville-Samarez betrachtete die Seekarte genauso, wie Kapitän z. S. von Lutz es eine Woche zuvor getan hatte, und er kam zu genau demselben Schluß. Der Achipel der Galapagos Inseln bot einem Schiff, das Reparaturen bedurfte, die günstigsten Bedingungen.

Dann dachte Kapitän Saville-Samarez über Mittel und Wege nach. Der Archipel lag ein wenig abseits seiner direkten Route von Panama nach Süden. Aber die günstigste Reisegeschwindigkeit der »Penzance« übertraf bei weitem die der »Leopard«. Die Schiffe würden getrennt ein viel größeres Gewässer überblicken, als wenn sie zusammenblieben. Und die Geschwindigkeit der »Penzance« war bei weitem größer als die eines jeden Schiffes im Geschwader Graf Spees, vielleicht mit Ausnahme der »Dresden«. Sie konnte sich also selbst beschützen und sich selbst aus Gefahren heraushalten, außer sie traf schwerstes Ungemach – und Kapitän Saville-Samarez war nicht der Mann, der sich im Geiste ausmalte, was passieren könnte, wenn schlimmste Umstände einträten. Unverzüglich kam er zu einem endgültigen Entschluß und dachte kein zweites Mal darüber nach. Sofort wurde der Kapitän der »Penzance« mit Signalen an Bord der »Leopard« beordert und ihm in wenigen kurzen Sätzen von Kapitän Saville-Samarez erklärt, was er zu tun habe. Als der Kapitän der »Penzance« wieder auf seinem eigenen Schiff war, nahm er einen neuen Kurs, der sein Schiff allmählich von der »Leopard« wegführte und etwas nach Westen abwich, während die beiden Schiffe im wesentlichen südwärts über den Golf von Panama steuerten. Obermatrose Albert Brown litt zu dieser Zeit noch kaum an Durst; die Kugel Müllers traf ihn erst bei Sonnenuntergang jenes Tages, als die »Penzance« und die »Leopard« mit ihren leicht unterschiedlichen Kursen sich völlig aus den Augen verloren hatten.

21

Nelson schrieb einmal, daß fünf Minuten den Unterschied zwischen Sieg und Niederlage ausmachen. Es waren kaum mehr als fünf Minuten, die den Unterschied zwischen der Entdeckung der »Ziethen« und ihrem möglichen Entkommen ausmachten. Wäre die »Ziethen« nur eine halbe Stunde früher abgefahren, wäre sie unbemerkt geblieben und hätte ihre Route der Zerstörung beginnen können, und die Weltgeschichte – oder zumindest die Geschichte des britischen Kabinetts – hätte einen anderen Verlauf genommen. Denn als die »Penzance«, von Kapitän Saville-Samarez losgelöst, um bei den Galapagos-Inseln zu suchen, von Nordosten auf Resolution zufuhr, steuerte die »Ziethen« nordwestlich von der Insel weg. Gerade als Resolution in ihr Blickfeld kam, entdeckte ein scharfes Paar Augen an Bord der »Penzance« weit weg, am westlichen Rand des Horizonts, eine kleine Spur von Rauch. Rauch war etwas Ungewöhnliches in dieser verlassenen Ecke der Welt, und daher verdächtig, und so hielt die »Penzance« mit aller Kraft und allem Stolz ihrer siebenundzwanzig Knoten darauf zu. Eine halbe Stunde später wurde die »Ziethen« eindeutig identifiziert, und der Äther summte aufgeregt, als die »Penzance« ihre Information hinausfunkte.

Umsonst waren jetzt die Bemühungen der »Ziethen«, die Meldungen der »Penzance« zu stören. Die »Leopard« war nur hundert Meilen weit weg; zudem hatten die Männer, die die »Penzance« gebaut und ausgerüstet hatten, eine sehr klare Vorstellung von deren Aufgaben gehabt, und das ist mehr, als man von den Erbauern der »Charybdis« sagen kann. Die »Penzance« war einer der modernsten Kreuzer und lediglich darauf ausgerichtet, Schlachtschiffen von größtmöglichem Nutzen zu sein. Sie war das Auge eines Schlachtschiffes, der Botenträger eines Schlachtschiffes, und ihre große Geschwindigkeit und ihre starken Funkanlagen besaß sie allein zu diesem Zweck. Fast ungestört erreichten ihre Neuigkeiten die »Leopard«, und das große Schiff wendete seine zwanzigtausend Tonnen und nahm die Verfolgung auf.

Der Kapitän der »Penzance« kannte seine Pflicht. Obwohl sein Schiff den 6-Zoll-Geschützen der »Ziethen« eigene 6-Zoll-Geschütze entgegensetzen konnte, war es nicht seine Aufgabe, den schwachen Schiffsrumpf in Schußweite des Feindes zu bringen, wenn ein Schlachtkreuzer in der Nähe war, der ihm ohne Risiko einer Beschädigung erledigen konnte. Die »Ziethen« war ein größeres Schiff und war wesentlich besser gepanzert als die »Penzance« mit ihrem schwachen Schutzdeck. Die »Penzance« konnte die Geschwindigkeit, auf die sie so stolz war, nur dadurch erreichen, daß sie beinahe jedem anderen Schutz entsagte; die »Ziethen« hingegen war in einer Zeit gebaut worden, in der der Geist der Marine ein wenig verwirrt gewesen war, und so war versucht worden, alle Faktoren in ihr zu vereinen: Geschwindigkeit (zwanzig Knoten waren zur Zeit ihres Stapellaufs eine hohe Geschwindigkeit), Schlagkraft (die deutschen Militärherren legten nicht so großen Wert auf große Kaliber wie die Engländer) und Panzerschutz. Als Folge davon war sie einem Spezialisten jetzt hilflos ausgeliefert.

Sie forderte ein Gefecht mutig heraus; sie wendete und richtete ihre Geschütze zur »Penzance«, und die Richtkanoniere gaben eifrig schreiend die Distanzen weiter; sie stürmte nach vorn, aber die »Penzance zeigte sich nicht dazu geneigt, diese Herausforderung anzunehmen. Zwar hätte jeder Mann an Bord sein Leben frohen Mutes im Kampf mit der »Ziethen« gelassen, aber es hatte keinen Sinn, Verluste hinzunehmen, wenn sich die »Leopard« mit ihren 12-Zoll-Geschützen an den Kampfort heranwühlte und die Angelegenheit erledigen würde, ohne daß der »Ziethen« eine Chance gegeben wurde, einen Treffer zu landen. Die »Penzance« hielt ihren Abstand. Ihre um sieben Knoten höhere Geschwindigkeit war überwältigend. Kein Manöver der »Ziethen« konnte sie in ihre Schußweite locken. Es dauerte nicht lange, bis die »Ziethen« enttäuscht den Versuch aufgab, ein Gefecht zu erzwingen, und abdrehte. Mit voller Geschwindigkeit fuhr sie nach Süden in der Hoffnung, die Verfolger abzuschütteln oder, wenn die Dunkelheit einsetzte, doch noch eine Schlacht herausfordern zu können. Und in Antwort auf die Meldungen der »Penzance« ging die »Leopard« auf einen konvergierenden Kurs, arbeitete sich zu ihren vollen vierundzwanzig Knoten hoch und verringerte schnell den Abstand zu den beiden Schiffen.

Während der aufreibenden Stunden dieser langen Verfolgung kostete Kapitän von Lutz vielleicht den bittersten Geschmack von Niederlage, Mißerfolg und Selbstverachtung. Ein einziger Mann hatte diese Katastrophe verursacht, ein einziger, mit einem Gewehr bewaffneter Mann den Untergang der »Ziethen« eingeleitet. Kapitän von Lutz blickte auf die drei Tage vor Resolution zurück.

Ein einziger dieser Tage hätte gereicht, um die »Ziethen« zu reparieren und sie zu ihrer Route der Zerstörung zurückkehren zu lassen. Die »Emden« hatte bereits Schäden im Wert von zehn Millionen Pfund angerichtet und kreuzte immer noch frei auf dem Indischen Ozean. Und die »Ziethen« mit ihren mächtigeren Geschützen und stärkeren Panzerung? Sie hatte einen erbärmlichen, drittklassigen, technisch veralteten Kreuzer bekämpft und versenkt, der im Zusammenprall der Nationen weder kampfbereit noch geschlagen von Bedeutung war. Und nun, weil ein kläglicher englischer Matrose die »Ziethen« achtundvierzig Stunden länger als nötig vor Resolution festgehalten hatte, ging ihre Laufbahn dem Ende entgegen. Kapitän von Lutz machte sich darüber keinerlei Illusionen. Er wußte, daß ein Schlachtkreuzer und ein leichter Kreuzer den Kanal passiert hatten; der leichte Kreuzer war aufgetaucht und hielt ihn unter Beobachtung – das bedeutete, daß der Schlachtkreuzer nicht weit weg sein konnte. Und ein Schlachtkreuzer würde keine Schwierigkeit damit haben, das Werk zu vollenden, das Albert Brown um den Preis seines Lebens begonnen hatte. Die Teeschiffe und die Fleischschiffe und die Zuckerschiffe, die Schiffe, die Truppen trugen, und die Schiffe, die Edelmetall trugen, würden durch die südlichen Gewässer fahren, ohne daß die »Ziethen« sie plündern und versenken konnte.

Doch obwohl Kapitän von Lutz von der bevorstehenden Vernichtung seines Schiffes überzeugt war, dachte er keineswegs daran, das Spiel ohne zumindest ein letztes Gefecht aufzugeben. Eindeutige Befehle ergingen an den Maschinenraum, und bald standen die Kessel der »Ziethen« unter höchstem Druck. Die Nacht würde nicht mehr lange auf sich warten lassen, und wenn vielleicht noch nebliges Wetter aufkäme, hätte die »Ziethen« eine Chance zu fliehen oder näher an ihre Gegner heranzukommen, um ihnen so viel Schaden zuzufügen, wie ihr selbst bereitet wurde. Die Verfolgung mußte bis zur Dunkelheit hingezogen werden, und mit ängstlichen Blicken tastete Kapitän von Lutz den Horizont ab, während er auf der Kommandobrücke auf und ab schritt und sich die Offiziere und Männer angestrengt abmühten, alle Vorbereitungen für den Kampf auf Leben und Tod zu treffen. Sie entfernten jedes nur denkbar brennbare Material vom Deck, schleppten Munition, überprüften die Entfernungsmesser und die Geschützsteuerung. Es ist ein seltsamer Zug der Menschen, daß die Aussicht auf eine baldige Schlacht, in der jeder einzelne Mann sein Leben lassen könnte, sie ungemein aufmuntert; die Niedergeschlagenheit und Disziplinlosigkeit, die sich nach den wirkungslosen Vorstößen auf Resolution über das Schiff gelegt hatten, schwanden wie Schnee an der Sonne.

Als die Nacht kam, war die »Leopard« immer noch außer Sichtweite, und die »Ziethen« begann mit ihren Versuchen, entweder der Verfolgung durch die »Penzance« zu entkommen oder den Abstand zu ihr zu verringern. Aber es war eine klare Nacht, und die Geschwindigkeit der »Penzance« war um ein Drittel größer als die der »Ziethen«. Eine Stunde nach Einbruch der Dunkelheit ging der Mond auf, und es fiel den Ausguckposten der »Penzance« nur allzu leicht, die düsteren Umrisse des großen Kreuzers in der Dunkelheit auszumachen. Die »Ziethen« drehte um sechzehn Strich und fuhr wieder in ihre eigene Spur zurück, aber die »Penzance« sah sie und wich ihr aus. Die »Ziethen« begab sich auf ihren alten Kurs, behielt ihn eine halbe Stunde lang bei und drehte dann zwei Strich nach Steuerbord. Dabei ging sie der »Penzance« beinahe verloren, aber die große Geschwindigkeit des leichten Kreuzers ermöglichte es ihm, in Zickzacklinien dem früheren Kurs zu folgen und seine Beute wiederzufinden. Vor Mitternacht kam endlich die langerwartete Hilfe – die »Leopard« mit ihren 12-Zoll-Geschützen und ihren vierundzwanzig Knoten. Dann konnten die zwei englischen Schiffe bequem Position zu seiten der »Ziethen« einnehmen, und die Fluchtmöglichkeiten des unglückseligen Kreuzers, ohnehin gering, waren jetzt nur noch halb so groß.

Die ganze Nacht hindurch fuhren die drei Schiffe nach Süden durch den Pazifik. Die Deutschen hatten im Umkreis von zweitausend Meilen keine Freunde auf See, und sie waren sich der schweigenden und bedrohlichen Gegenwart der britischen Schiffe, die ihnen wie der Tod auf seinem Schimmel folgten, nur allzu deutlich und unangenehm bewußt. Zweimal in jener Nacht schalteten sie, in der Hoffnung, daß der düstere Kreuzer hinter ihnen in ihre Schußweite gekommen wäre, die Scheinwerfer ein und zerrissen die Nacht mit einer Salve, aber jedes Mal hatten sie nichts damit erreicht, bis auf eine sehr wohltuende Wirkung von Lärm und Aktion. Dies schien die Gewißheit der fürchterlichen Unausweichlichkeit des morgigen Tages in ihrem Gemüt zu mindern.

Allerdings kann nicht berichtet werden, daß die Disziplin versagte. Der »esprit du corps« der deutschen Marine war zwar jung, aber fest verankert. Jeder einzelne Mann an Bord wußte (denn das Gerücht war rasch umgegangen, wie im Unterdeck üblich), daß ein Schlachtkreuzer dicht hinter ihnen und daß jeder Widerstand zwecklos war, aber kein Wort der Kapitulation wurde geäußert, und kaum ein Mann hätte sich für eine Kapitulation ausgesprochen. Eine junge Marine kann es sich nicht leisten, ihre Tradition auf solchen Gewohnheiten aufzubauen. Deutsche Matrosen mußten bis zu ihrem Tod kämpfen, so daß die Nachkommenden zumindest auf eine ehrenwerte Niederlage zurückblicken konnten. Einzig für diesen Zweck mußten vierhundert Mann sterben und es sollte heißen, daß sie tapfer starben.

Im Grauen der ersten Morgendämmerung gab Kapitän Saville-Samarez den Befehl, mit der Geschwindigkeit unter die neunzehn Knoten zu gehen, mit denen die »Leopard« seit ihrer Vereinigung mit der »Penzance« durch das Meer gepflügt war. Er wollte keinerlei Risiko eingehen; die eindeutigen Abschnitte seiner Anweisungen waren fest in ihm verwurzelt. Das Tageslicht würde ihn nicht innerhalb der Schußweite der 6-Zoll-Geschütze der »Ziethen« antreffen. Selbst er, der so phlegmatisch und zuversichtlich war, hatte vor Anspannung und Aufregung keinen Schlaf gefunden. Er war die ganze Nacht auf und ab geschritten, während das knackende Funkgerät mit Hilfe der Übertragungsschiffe der Admiralität in Whitehall die frohe Botschaft mitteilte, daß zumindest ein Schiff aus dem deutschen pazifischen Geschwader von der britischen Marine gestellt worden war. Vor der Morgendämmerung noch war eine Antwort eingetroffen, und er wußte, daß er am Ende des Jahres den Lord-Titel, nach dem er trachtete, erhalten würde – wenn er nur das täte, was man von ihm verlangte.

Als der Tag fast angebrochen war, wußte Kapitän von Lutz auf der Kommandobrücke der »Ziethen«, daß seine letzte Hoffnung gestorben war. Weit hinten am Horizont, achteraus, konnte er in der klaren Atmosphäre mit seinem starken Fernglas den typischen Dreifußmast eines schweren Schlachtkreuzers ausmachen. Tod lag in dem unbedeutenden kleinen Fleck. Aber immer noch bestand die Möglichkeit, Schaden anzurichten. Die »Penzance« fuhr backstags in Nähe der »Ziethen«. Die »Ziethen« drehte etwas, ihre Geschütze hoben sich zu höchster Höhe. Als die Sonne völlig aus dem Meer auftauchte, brach eine krachende Salve aus ihrer Seite hervor, aber der Abstand war zu groß. Die Wassersäulen der ins Meer stürzenden Geschosse schossen eine halbe Meile vor dem Ziel auf. Fünf Sekunden später drehte die »Penzance«, einem zornigen Signal der »Leopard« gehorchend, mit der ganzen Geschwindigkeit ihrer siebenundzwanzig Knoten ab und gab den 12-Zoll-Geschützen der »Leopard« freie Bahn.

Kapitän Saville-Samarez stand auf der Kommandobrücke der »Leopard«. Für dieses Ereignis war der Kommandoturm nicht der richtige Ort für ihn. Die ganze Gelegenheit würde so gefährlich sein, wie einen sitzenden Hasen abzuschießen. Kapitän Saville-Samarez hatte die »Leopard« achteraus von der »Lion« in die Helgoländer Bucht eingefahren und von der Brücke aus zugesehen, wie die »Mainz« von den zerschmetternden Salven in Stücke gerissen wurde. Und jetzt sah er, wie die »Ziethen« nach Osten drehte und geradewegs in die aufgehende Sonne hineinraste, in der letzten Hoffnung, den englischen Kanonieren das Zielen zu erschweren. Aber auch die »Leopard« drehte nach Osten und steuerte auf parallelem Kurs ebenfalls in die Sonne, mit nach Backbord gerichteten Geschützen. Die wesentliche Bewaffnung der »Leopard« bestand aus acht 12-Zoll-Geschützen, und diese 12-Zoll-Geschütze schossen zweimal so weit wie 6-Zoll-Geschütze, verschossen Granaten, die achtmal schwerer waren und deren Zerstörungskraft zwanzigmal stärker war.

Die »Leopard« drehte zwei Strich nach Backbord, um die »Ziethen« bequem in ihre Schußweite zu bekommen, nahm dann wieder ihren ursprünglichen Kurs auf, und die Schlacht begann. In jedem Geschützturm donnerte ein Geschütz mit ohrenbetäubendem, furchterregendem Lärm, und vier 12-Zoll-Granaten erhoben sich zu ihrem zehn Meilen weiten Flug in die Luft. Jede Granate wog eine halbe Tonne, und zusammen enthielten sie genügend Sprengstoff, um die City von London in Trümmer zu legen. Unglückselige »Ziethen« mit ihren halbherzig angebrachten Panzerplatten und ihren schwachen Aufbauten!

»Zu kurz«, sagte der Offizier oben im Feuerleitturm und beobachtete mit gleichgültig-professionellem Interesse das Schießen seiner geliebten Geschütze. »Zweihundert höher.«

Jetzt donnerten die anderen vier Geschütze los, und die halb-Tonnen-schweren Granaten kreischten auf ihrem Flug – zehn Meilen in einer halben Minute legten sie zurück und erreichten dabei eine Höhe von zwei Meilen.

»Zu kurz«, sagte der Offizier wieder. Die riesigen Wassersäulen schossen immer noch weit diesseits des dahinrasenden Kreuzers auf. »Zweihundert höher. Dieses verdammte Klima hat die Treibsätze versaut.«

In regelmäßigen Abständen von fünfundzwanzig Sekunden krachten die Salven aus den fünfzig Fuß langen Geschützrohren.

»Zu weit«, sagte der Offizier. »Zu kurz. Getroffen. Getroffen. Getroffen. Zu weit.«

In eineinhalb Minuten wurde die »Ziethen« dreimal von einer Tonne Stahl getroffen, die eine Tonne hochexplosiven Sprengstoff enthielt. Die Aufbauten des unglückseligen Kreuzers wurden zerschmettert und in alle Richtungen versprengt, die Stahlplatten wurden aufgerissen und zerfetzt, als ob sie Papier in der Hand eines Riesen wären. Eine Granate explodierte genau auf dem Laderaum eines 6-Zoll-Geschützes an der Steuerbordseite, tötete die gesamte Mannschaft des Geschützes und stürzte das Geschütz selbst über Bord. Aber immer noch gab es Leben auf dem Schiff, immer noch flatterte das schwarze Kreuz auf weißem Grund an einem zitternden Mast. Die »Ziethen« drehte, versuchte den Abstand zum Feind zu verringern – genau wie fünf Tage vorher die »Charybdis« es zu tun versucht hatte. Aber die »Leopard« tat genau das, was auch die »Ziethen« getan hatte: Sie drehte mit voller Geschwindigkeit ab und wahrte den Abstand, während das Ziel langsam achtern zurückfiel. Es war ein aussichtsloses Bemühen der »Ziethen« auf Schußweite ihrer 6-Zoll-Geschütze heranzukommen, und es gab keine Möglichkeit, Torpedos wirkungsvoll einzusetzen.

»Getroffen«, sagte der Offizier wieder. »Zu weit. Getroffen. Getroffen. Mein Gott!«

Die 12-Zoll-Granaten hatten riesige Löcher in die ungeschützten Aufbauten gerissen; eine hatte eine Lücke in das horizontale Schutzdeck geschlagen. Der Offizier sah, wie die »Ziethen« durch die Wellen pflügte, und Rauch – Rauch von den Heizkesseln, Rauch von Granaten, Rauch von Feuer – quoll aus jedem Riß hervor; aber noch war sie ein Schiff: noch bewegte sie sich, noch schwamm sie, noch konnte sie ihre Geschütze abfeuern. Aber zwei Granaten der letzten Salve krachten durch das Schutzdeck und zerbarsten in seinem lebenswichtigen Inneren. Heizkessel und Magazine explodierten in einer riesigen Detonation. Als das Schiff in die Luft flog, war eine kurze Sekunde lang ein Blitzen im strahlenden tropischen Sonnenlicht erkennbar, dann quoll schwarzer Rauch hervor und verhüllte gnädig alles im Blickfeld. Als sich der Rauch in der frischen Morgenbrise auflöste, war nichts mehr zu sehen, nichts mehr. Die »Ziethen« war den Weg der »Good Hope« und der »Monmouth« gegangen, den Weg, den die »Scharnhorst« ebenso wie die »Defence« und die »Black Prince« gehen sollten, und sie alle waren Kreuzer, die mit Mann und Maus unter Geschützfeuer sanken. Zwölf Salven hatten es erreicht – kaum mehr als fünf Minuten währendes Schießen. Jeder Mann dort drüben war umgekommen, auch die beiden Engländer, der Signalgast und Ginger Harris, die Brown gepflegt hatte; aber natürlich wußten die Engländer auf der »Leopard« nichts von ihrer Anwesenheit an Bord der »Ziethen« und würden es auch nie wissen.

Der schwarze Rauch zog nach oben und zur Seite ab, und die »Leopard« und die »Penzance« fuhren auf den Fleck zu, an dem eben noch die »Ziethen« gewesen war. Sie fanden nur sehr wenig: einen Toten, oder besser, einen halben Toten, einige Schiffstrümmer und sonst nichts. Stählerne Kampfschiffe tragen nur wenig Schwimmbares an Bord. Das triumphierende Funkgerät der »Leopard« sandte die Nachricht in alle Welt – ein willkommener kleiner Sieg, gerade rechtzeitig, um der Niedergeschlagenheit entgegenzuwirken, die sich nach der Niederlage bei Coronel, dem Verlust der »Cressy«, der »Hogue« und der »Aboukir« und dank der Raubzüge der »Emden« ausgebreitet hatte. Es war Englands Proklamation der Herrschaft über die Meere, die innerhalb einer Woche durch das glückliche Zusammentreffen der »Sydney« mit der »Emden« bestärkt und innerhalb eines Monats mit der Vernichtung Graf Spees durch »Sturdee« unterstrichen wurde, wo wieder 12-Zoll-Geschütze Kreuzer in die Luft sprengten.

Dann stand es Kapitän Saville-Samerez frei, sein Schiff nach England zu wenden, in die neblige Nordsee, wohin er sich sehnte, und dem Ertrag dieses »großen Tags« entgegen. Er sollte noch die »Leopard« in die klirrende, blutige Schlacht bei Jütland führen, wo die Schlachtkreuzer unter der Führung der »Lion« in den Kampf rasten, und er sollte noch mit anderen Schiffen die sturmgepeitschten Shetland-Inseln bewachen und schützen, aber das hier blieb sein »großer Tag«. Wie er vorausgesehen hatte, wurde er als »der Mann, der die ›Ziethen‹ versenkte«, bekannt. Aber niemand sollte je erfahren, wem die Vernichtung der »Ziethen« tatsächlich zu verdanken war.

Bitte beachten Sie
auch die folgenden Seiten:

Die Flashman-Romane von George McDonald Fraser bei Ullstein

Flashman –
Im Dienste Ihrer Majestät
Ullstein Buch 21001

Flashman –
Prinz von Dänemark
Ullstein Buch 21003

Flashman –
Held der Freiheit
Ullstein Buch 21005

Flashman, der Maul- und Frauenheld, schlägt sich feige, aber wacker auf den Schlachtfeldern und in den Schlafzimmern des Viktorianischen Zeitalters. Sitzt stets in der Tinte, ist immer auf der Flucht, türmt, wenn es brenzlig wird und schafft es auf wundersame Weise, von Königin und Volk als Held gefeiert zu werden.

Abenteuerroman

Alan
Scholefield

Kanonenboot am Tanganjika-See

Roman

Ullstein Buch 21002

Abenteuerroman

1917 – der Erste Weltkrieg tobt auch in den Dschungeln Ostafrikas. Durch ein Kanonenboot am Tanganjika-See sind die Deutschen den Engländern überlegen. Da beschließt man in London, einen Stoßtrupp loszuschicken. Seine Aufgabe: das Kanonenboot um jeden Preis zerstören. Um ihren Auftrag erfüllen zu können, müssen sie – zwei Schnellboote mit sich führend – mitten durch die Wildnis Afrikas. Eine Aufgabe, die den ungleichen Männern alles abverlangt.
Die großartigen Spannungsromane von Alan Scholefield begeistern seit langem die angelsächsische Welt. Nun werden seine Thriller und Abenteuerromane auch bei uns entdeckt. Seine Bücher, die alle einen Aspekt der bewegten Geschichte Afrikas behandeln, zeichnet neben einer atemlose Spannung schaffenden Sprache sorgfältige Charakterisierung der Personen und geschichtliche Genauigkeit aus.